JN152718

消失進行形パズライズ

［著］……………………………文野はじめ
［プロデュース］……………………仮名堂アレ
［画］……………………………………TNSK

writen by
Hajime Humino
produced by
Are Kameido
illustrated by
TNSK

NOVELiDOL

CONTENTS:

紫乃凪些［しの・なぎさ］

縁と同じクラスの女の子。観察力に優れている反面、行動は消極的。感情をあまり外に出さず、気難しくて扱いにくい。人と触れ合うのが嫌いで、基本的に一人で読書をすることを好む。

横井黄衣［よこい・きい］

タブレットを常に携帯する電脳系少女。アンチ・パズル部の後輩で、マスコット的キャラ。デジタル知識に秀でているものの、人見知りが激しく、突飛でエキセントリックな行動を取る。

火ヶ坂灯華［ひがさか・とうか］

「アンチ・パズル部」の部長。武闘派。身体能力が著しく高く、考えるより先に行動する猪突猛進タイプ。リーダー的ポジションでありながら、人をまとめるのが苦手なのが玉にきず。

青藤清司［あおふじ・せいじ］

虹ノ丘高校三年生で、アンチパズル部在籍。サラサラの髪にすらりとした長身という、甘いルックスのイケメン。男女境目無しに、誰にでも馴れ馴れしく接することから、学校の人気者。

CHARACTER:

緑川 縁［みどりかわ・ゆかり］

平凡な容姿に温厚な性格を持つ、虹ノ丘高校の二年生。スマートフォンのゲーム『パズドライブ』が好き。やや受け身な性格なものの、義理人情に厚く、やる時はやる。

designed by 椿屋事務所

プロローグ

NOVELiDOL

マス目状のフィールドに人が整然と並んでいる。
彼らは直立不動で立っており、髪が各々カラフルな色で染められている。
表情は一切なく、まるでマネキンのようだった。
よく見るとすべてクラスメイトの顔だった。
仲の良い奴もいれば、そうでない人も一律に並んでいる。
みんな何をやっているんだろうと思ったら、僕もそのフィールドの中にいた。
頭上から何か巨大なものが近づいてきた。
見上げると手が接近してきた。人間最大のツールである、手だ。
僕は逃げ出そうとしたが、体が動かず、正方形のマス目から出ることができない。

ゴウッ、巨大な手が肉薄する。
幸いなことにつかまれたのは僕ではなく、隣のクラスメイトだった。
彼は手によってどこかに運ばれていった。
そうか、これは夢だ。夢だとわかっている夢だ。
そう思っていたら、手が戻ってきて別のクラスメイトを僕の隣に置いた。
こちらは女子で、髪が橙色だった。
そういえばさっき連れていかれた男子は赤色だった。
すると急に女子の髪がボウッと光り出した。
彼女の左右のクラスメイトも共鳴するように発光している。
どちらも髪が橙色で、横一列に同じ色が三人分並んでいる。
どうなるのかと思って見ていたら、「パシュッ」という音とともに三人は消失した。
ところがフィールドにいる人間の総数は変わらない。
空いたはずのマスにはいつの間にか別のクラスメイトが出現していた。
橙ではなく、それぞれ異なる色の髪のクラスメイトだった。
ピピピッ、とどこからともなく電子音が鳴り響く。
何を知らせる音なのだろう。時間制限か、それともスコアか何かか。
再び頭上に巨大な手が現れる。

しばらく迷ったように宙を旋回していたが、何かを決定したように降下してきた。
今度は僕に狙いを定めたようだった。
ピピピッ、ピピピッ、ピピピッ！
その手につかまれたと思った瞬間、僕の意識は暗転した。

パズライズのルール
・高校生以下の人間は赤・青・緑・黄・紫・桃・橙の七色のうち、いずれか一色を髪に宿している。
・同じ髪の色の人間が三人以上同時に接触すると、この世界から消失する。
・消えた人間は最初から存在しなかったことになる。
・髪の色を見分けられる者だけが、消失の事実に気づくことができる。
・学校の敷地内でしかパズライズによる消失は起きない。

1 CHAPTER

第1章

緑川縁(みどりかわゆかり)とパズライズ・ワールド

NOVELiDOL

目を開けるとスマホが枕元でけたたましくアラームを鳴らしていた。

僕は手を伸ばして音を止めると、液晶に表示されている時刻を確認した。

「……もうこんな時間か」

断然、眠い。瞼はダンベルのように重いし、頭もぼんやりと鈍いままだ。

せめてあと十分このまま布団に留まりたいと思ったけれど、先週はそれで危うく遅刻しそうになったのを覚えている。

僕は仕方なくベッドから降りて部屋を出た。

まず洗面所へ向かい、鏡の前に立って歯磨きを始める。

瞼が閉じてしまいそうになるのを必死にこらえながら、口に含んだ歯ブラシをわしわしと動かす。

高校に入学してから約一年半、毎朝欠かさずやっている当たり前の作業だ。

「……あれ?」

僕はどことなく違和感を覚えて歯ブラシを動かす手を止めた。

「んん?」

しばらく鏡の中の自分と睨み合いをする。

なぜかわからないけれど、髪が緑色になっていた。

僕は試しに髪の一本をつまみ上げてみる。

透明感のある綺麗なグリーンだった。ただし頭髪すべてが染まっているわけではなく、メッシュのように部分的に入り交じっている。

「なんだこれ?」

僕はこれまで十七年の間、一度も髪の毛を染めたことがない。というか髪型すらほとんどいじっていない。

髪はいつも長すぎず、短すぎず、ごくごく無難に平均的に。

色も地毛のまま高校二年生の今日まで通してきたのだ。

なのになぜかいきなりアニメのキャラクターみたいな色になっている。

ああ、きっと目が疲れているのだろう。

最近、遅くまでスマホのアプリで遊んでいたのが影響したのかもしれない。昨夜もついつい無料でダウンロードしたパズルのアプリで夜更かししてしまったのだ。

僕は口の中をゆすぐと、普段よりも熱めにしたお湯で顔を洗った。特に目の周りを重点的にマッサージするようにタオルで顔を拭く。

よし、これでいいはずだ。

ようやく頭も冴えてきたので、僕は改めて鏡の中の自分に向かい合った。

「なんでだよ！」

僕は自分の頭をガシッとつかんだ。

見間違いではない。僕の髪は依然として緑色のままだった。

僕は蛇口を全開にして、髪をザブザブとゆすいでタオルで精一杯にこすった。

取れない。落ちない。戻らない。

表面に色が塗られているのではなく、芯からしっかり着色されているようだ。

どうしてこんなことになっているのか？　誰が？　何のために？

しかしそれを追求するよりも先に解決しなければならないことがある。もしこんな髪を家族の誰かに見られたりしたら大変だ。

そう思ったのと、母さんが洗面所へ顔を出したのはほぼ同時だった。

「緑（ゆかり）。早く朝ご飯を食べなさい……って、あらあら？」

タオルで覆い隠す暇もなかった。鏡越しにバッチリと視線が合った。

「……いや、これは、その」

僕は慌てて言い訳をしようとした。が、身に覚えのないことなので言葉が出てこなかった。

対して母さんの反応は予想外のものだった。

「ずいぶんと芸術的な髪ね。芸術は爆発だー、みたいな？　でも学校に遅れちゃうから、早くその寝癖直してご飯食べなさい。お汁も冷めちゃうから」

母さんはおちゃらけた口調で言うと、エプロンで手を拭きながらダイニングへ戻っていった。

「……え、それだけ？」

今一度、僕は鏡の中の自分を見た。

確かにグチャグチャの酷い髪だ。でもこれはタオルで荒々しく拭ったせいだ。寝癖なんかではない。というか焦点はそこではないはずだ。

釈然としない気持ちでいっぱいだったけれど、家を出る時間が迫ってきていた。

僕は言われた通り、まず髪型だけを整えてから食卓へ向かった。

ダイニングには父さんが新聞を広げて座っていた。

僕は思わず足を止めた。普段なら父さんはもっと早く家を出ている。今日はたまたまゆっくり出社してもいい日だったようだ。

　母さんは優しさから見ないフリをしてくれたのかもしれない。でも、父さんは問題をスルーしてくれるような人ではない。見たからには何か言う。この髪では怒られるのは火を見るよりも明らかだ。

「どうした？　そんなところに突っ立ったままで」

　父さんが新聞から顔を上げて言った。

　僕は怒られるのを覚悟して目を閉じた。

　が、いくら待っても何も言われない。

　恐る恐る目を開けてみると、父さんは不思議そうに僕を眺めていた。

「なんだ。まだ眠いのか？　あんまり夜更かしはするんじゃないぞ」

　怒られるどころか逆に心配されてしまった。

「あ、うん」

　僕は狐につままれたような気持ちでテーブルについた。母さんもやってきて家族三人そろって朝食を取る。

　終始、誰も僕の髪については一言も触れてこなかった。

家の中でも驚いたが、マンションの外ではもっと驚くことが待っていた。

町を行き交う人々の大半が僕と同じように変な髪の色になっていた。

いや、厳密には僕とは違う。もっと色の種類が多いのだ。

僕は駅に向かいながら行き交う通行人をよく観察した。

……赤……青……緑……黄……紫……桃……橙。

どうやら色がついている人は七色のいずれかになっているようだった。年齢は僕と同じ高校生か、それ以下の小中学生だった。

ちなみに大人たちに変化はないようで、みんな地毛のままだった。

目立ちたくない僕としては、自分だけが変な髪になったわけでないことに安心した。

木を隠すには森の中というわけでもないけれど、みんなと同じなら恥ずかしくない。

とはいえいまいち釈然としないのは、なぜみんな平然としているのかということだった。

大人が無反応なのはなんとなく理解できた。彼らの髪に変化はないし、家の中での両親も無反応だったから、たぶんこの現象に大人は関与していないのだろう。

納得できないのは同年代の方だ。

彼らは髪がカラフルになっているというのに、誰も驚いている様子がない。いつもと同じように歩き、呼吸し、会話し、スマホをいじっている。

最寄り駅のホームについた僕は、電車を待ちながらこの奇妙な現象について想いを巡らせた。

病気？　未知なるスタンド？　妖怪のせい？

思いつく限りの可能性を思い浮かべていると、隣に同じ制服の男子が並び立った。

「よお、緑川」

クラスメイトの山吹岳夫（やまぶきたけお）だった。ちなみに略称はヤマガク。二年生になってからうちの高校に転入してきたのだけど、気さくな性格であっという間に学校に馴染んだお調子者だ。

「おはよう」

あいさつを返しながら、僕はすかさず彼の髪をチェックした。

明るく能天気な性格を反映させたかのような橙色だった。

ふと僕は気になって目を凝らした。ヤマガクの髪は一本一本すべて色がついている。

それに対して、僕が朝に見た自分の髪はメッシュというかムラがあったはずだ。

周りを見るとヤマガクと同じように髪は染まり切っており、どうやらイレギュラーなのは僕の方だったようだ。

おかしいのは僕だけなのか、それとも周りのすべてなのか。

思わず考えにふけっていると、ヤマガクに「おいっ！」と肩を小突かれた。

「なんかテンション低いんじゃねえか。血糖値、足りてるか？」

「え、いや。低くないよ。血糖値も大丈夫。たぶん」

「もしかして便通が悪いんじゃね？　ベンワン。ベンツー。ベンスリー。なんつってな」

あいかわらずヤマガクは朝から無駄にアクセルがかかっている。同じクラスになってからというもの、ほとんど毎日がこんな感じだ。普段であればくだらなすぎて笑っていたところだろう。そう、普段であれば。

「チッ。なんだよ。面白くなかったのかよ」

「いや、そういうわけじゃないよ。ただ、ちょっと考え事をしていて」

「もしかして悩み事か？　だったらオレに打ち明けてみな。なんでも相談に乗ってやるぜ。山吹相談局は常時営業中だ」

「……なんでも、って言ってもなあ」

どう説明したものかと迷っていたところ、電車がホームに入ってきた。

会話をいったん中断し、僕はヤマガクと一緒に電車に乗った。座席はいつもほとんど埋まっているので、僕らは適度な立ちスペースを見つけて吊り革をつかむ。

降車する駅までは十分ほどかかるので、僕は思い切ってヤマガクに訊いてみた。

「例えば、の話なんだけど」

「おう」

「ある日、いきなりみんなの髪がカラフルになっていたら、どうする？」

「あん？　なんだそれ？　心理テストか何かか？」

「だから例えばだよ、例えば。なんでも相談しろって言ったじゃないか」

ヤマガクは訝しげな顔をしていたけれど、僕の質問にはしっかりと答えてくれた。

「うーん。まあ、オレだったらわりと歓迎するんじゃないかな」

「どうして？」

「だってみんながそうだったら、それがスタンダードになるってことだろ？　ってことは髪を染めても誰からも文句を言われないってことじゃん。オレ、いつか試してみたい色とかけっこうあるんだよね」

ヤマガクらしい、とても短絡的で単純な返事だった。

でも、おかげで僕は確信を持つことができた。

やっぱり見えていない。

たぶんヤマガクだけでなくて、周りにいる人たち全員がそうなのだろう。

しかし、そうなると新たな疑問が生じてくることになる。

どうして僕だけが見えている？

✦

「……おい、緑川。緑川ぁ！」

ヤマガクの呼びかけで僕はハッと我に返った。

気が付くと僕は自分の通う学校の正門前にたたずんでいた。

虹ノ丘高校。虹ノ丘市の中心地に位置しており、偏差値はわりと高めの市立高校だ。ゆとりをモットーとした校風で、それを地理的に表現するかのように敷地面積が広いことで有名だ。

さておき自分の不注意っぷりに驚いた。道順としては最寄りの虹ノ丘中央駅を降り、そこからほぼ一本道の坂道を上ってくるだけなので大したことではないが、考え事をするあまり記憶が飛んでいたのは流石にマズイと思った。

僕は慌てて正門を通過して敷地内に入ると、苛立たしそうにしているヤマガクに追いついた。

「……ったく、今日はどうしたんだよ。ぼんやりしすぎだっての」

「ごめん。もう大丈夫。気持ちを改めたよ」

「寝不足なんじゃねえの？　スマホゲーのやりすぎとかさ」

「そうかもしれない」

僕は適当に誤魔化しながらヤマガクと一緒に校舎へ向かった。駐輪場の横を通過し、二階の渡り廊下の真下をくぐって中庭にくる。するとそこで人混みとぶつかった。

「あれ、どうなってんだ？」

ヤマガクが不思議そうに首をかしげる。

なぜか昇降口のドアが開いておらず、中に入れない生徒が中庭に溢れ返っていた。近くの顔見知りに訊ねると、学校側のミスで鍵が見当たらないらしいと言われた。

急いでいる人は来賓用出入口に回っているみたいだったが、面倒だったのでその場で待つことにした。

すると急にヤマガクが色めき立った声を上げた。

「おおおっ！　彼女だ、彼女！　我らが学校のアイドル、アンナちゃん。今日もあいかわらずレベル高いよなあ」

ヤマガクが指さした前方には、ひときわルックスに秀でた女子生徒の姿があった。

「カワイイなあ。いや、キレイだなあ。顔小さいし、体型もいいし。噂によると雑誌で読モやってるらしいぜ？」

ヤマガクは緩み切った顔をしながら彼女を眺めている。

学年は僕らの一つ上の三年生で、本名は「桃李(とうり)アンナ」という。校内には熱烈なファンクラブがあるらしい。ちなみに僕は表に出さないようにしているが、決して彼女のことが嫌いではない。

それにしても今日はひときわ彼女が輝いて見えるのは気のせいだろうか？

少し考えてみたところ、髪のせいだと気がついた。

彼女の髪は桃色、つまりピンクだった。

ここに来るまでにも桃色の髪を見かけなかったわけではない。だけど大半は目を惹かれないどころか、似合っていないから止めてくれ、と思わず顔を背けたくなるものばかりだった。正直に言うと、普通の人が奇抜な髪の色をすると残念なコスプレっぽさが出てしまうようなのだ。

その点、桃李アンナは率直に言ってピンクが似合っていた。違和感がまるでない。まるでアニメや映画から飛び出してきたかのようだった。

「いいよなあ。カワイイなあ。付き合いたいもんだよなあ」

ヤマガクがデレッとした顔でつぶやく。僕は思わず頷いてしまった。

いや、そんなのおこがましいことはわかっている。ただカワイイという点に同意したつもりなのだ。

と、そんなことを考えていた時のことだった。

誰かの「危ない！」という聞こえ、僕はとっさに視線を上げた。

おそらく三階か四階のベランダに置かれていたであろう鉢植えが、中庭に向けて真っ直ぐに落ちてくるところだった。

落下予測地点は僕とヤマガクがいる場所よりは前の方。ちょうど桃李アンナが立っているところだった。頭を直撃でもしようものなら命に関わりかねない。周囲からも悲鳴が上がった。

桃李アンナは危険を察し、反射的に左へ飛び退いた。

彼女の横には同じようにピンクの髪の女子がいた。二人はぶつかってバランスを崩し、さらに左方向へと倒れ込む。その先にはもう一人、ピンクの女子がいた。

その三人は互いに近い距離にいたので、もしかしたら友達同士だったのかもしれない。

でも、今となっては彼女たちの交友関係を知る術はなくなってしまった。

桃李アンナを含む三人の女子はドミノ倒しのように重なって倒れた。

その瞬間、三人の髪が共鳴するように強く発光した。

めまぐるしく光のグラデーションが起きる。

僕は目を見開いてその様子を凝視した。

――パシュッ！


突如、空気が裂けるような音が響き、ひときわ強い閃光が弾けた。

あまりに鮮烈な光だったため、視界が一瞬奪われてホワイトアウトする。

時間にしてみれば一秒の十分の一くらいだっただろうか。

なのに僕が目を開けた時、そこにいた三人の姿はなくなっていた。

服も、鞄も、スマホも、彼女たちそのものを含めて何一つ残っていなかった。

「……ヤ、ヤマガク。見た？」

僕はどうにか声を絞り出して隣にいる彼に訊ねた。

「…………………」

一方、ヤマガクは口を開けたままぼんやりとしている。

「ヤマガク、ヤマガク！」

「……あん？」

途中から時間が動き出したかのように、ヤマガクはおもむろに僕の方を振り返った。

きっと彼も目の前の出来事に困惑してしまったのだろう。

「い、今、変な光が出て、そこの三人が、き、消えたよね？」

ヤマガクはしばらく僕を不思議そうに眺めていたが、やがて予想外のことを言った。

「は？　消えたって何が？」

「いや、だから桃李アンナがさっきまでそこにいたじゃないか。あと他に二人の女子が。見ていただろう？」

「桃李アンナって、誰のことだ？」

会話が噛み合っていない。ふざけているのかと思ったが、ヤマガクは至って真面目な顔をしていた。

僕は周りを見回す。あたりはざわついていたが、それは僕の考えるような騒ぎ方ではなかった。

「あっぶねーなー。誰だよ、あんなところに鉢植えなんか置いた奴」

「だよなー。誰にも当たらなかったからいいようなものでさ」

「メテオストライク、なんつってー」

周りの人たちはそんな呑気なことを言い合っている。

地面には割れた鉢植えの破片が散らばっていたが、すぐに有志が現れて片付けを始めていた。

まるで鉢植えが落下して壊れただけ、というような空気だった。

「おい、緑川。顔色が悪いみたいだけど大丈夫か？」

ヤマガクが心配そうに声をかけてきた。

僕はあきらめきれずにもう一度だけ同じ質問をした。

「本当に人が消えたところは見なかったわけ？　消えた人もついさっきまでヤマガクが話題にしていた桃李アンナなんだよ。アイドルみたいなルックスで、付き合いたいって言ってたじゃないか」

ヤマガクは困ったように口をへの字に歪めた。

「だから誰なんだよ、それ。桃李アンナ？　まさかとは思うけど、それっておまえの脳内彼女とかじゃないよな？　あるいは美少女ゲーのやりすぎ、とかさ」

「…………………」

まだヤマガクと二人きりだったら、僕はもう少し追求を続けたかもしれない。だけど周りの様子を見て僕はあきらめることにした。

ヤマガクはたぶん周りの人たちと同じだけなのだ。

まるで何も見ていなかったかのように。

いや、そもそも最初から何も起きていなかったかのように。

「……ごめん。なんでもない」

僕はヤマガクとの会話を切り上げた。

昇降口のドアが開き、たまっていた人混みが流れ始めた。

僕は消失現場の横を通り過ぎながら、言い知れぬ不安を感じていた。

◆

「オッハー」

「おはよう」

「あー、かったりぃ」

二年C組の教室ではさまざまな朝のあいさつが交わされていた。

僕は自分の机に座りながら、教室に入ってくるクラスメイトの髪を一人ずつチェックしていた。

……ムラカミ、赤。

……モリ、黄。

……イチジョウ、青。

……ハヤカワ、紫。

普段だったら他人が登校する様子をジロジロと監視したりはしない。

でも今日に限ってはどうしても見ずにはいられなかったのだ。

流石にクラス全員の色を一度に覚えるのは難しかった。印象の強い相手もいれば、薄い相手もいるからだ。それでも色のだいたいの割合はつかむことができた。

うちのクラスは男女各十五人の三十人学級だ。一つの色につき四、五人ずつくらいだった。髪の色は七色あるようなので、特定の色に偏らずに均等に分かれていると言える。

ふと横の方から視線を感じた。

そちらを見ると廊下側の席に座っている女子と目が合った。前髪と後ろ髪を綺麗にそろえたショートボブ。いつも慎ましい表情を保っているクラスメイト、紫乃凪些（しのなぎさ）さんだった。

彼女とはヤマガクと同様、二年生になってから同じクラスになった。いつも一人で本を読んでおり、あまり周囲と接しているのを見たことがない。人間よりも本を友達にしていそうな雰囲気の人だった。

そんな孤高な印象の彼女が、なぜか僕の方を執拗に見つめてくる。

なんだろうと思っていると紫乃さんは立ち上がり、真っ直ぐに僕の席へとやってきた。

「……これ」

「え？」

差し出されたのは学級日誌だった。

「今日の日誌。緑川くんが当番だったよね。朝、担任に頼まれたから」

「あ、え？　そうだったっけ？」

いきなり現実に引き戻された気分になりながら日誌を受け取った。

本来、これは日直が登校したらすぐに職員室からもらってこないといけないものだ。中を開いてみると確かに担当者の欄に僕の名前が記されていた。

「ごめん。すっかり忘れてた。どうもありがとう」

僕は日誌を机の上に置いて、紫乃さんにお礼を言った。

その際、僕はチラッと彼女の髪を確認した。彼女は紫色だった。

「緑川くん」

紫乃さんの用事はそれで終わったものだと思っていたら、意外にも彼女は僕の前に立ったまままもう一度声をかけてきた。

「うん？」

「何か、見えてるの？」

突然の質問に思わずドキッとした。

「……え、な、何が？」

「さっきから妙に他人の頭を気にしているようだから」

僕は改めて紫乃さんの顔を見た。

彼女は真顔のままで、そこから感情や思考を読み取ることはできなかった。

僕は心の中で大いに考えあぐねた。

もしかして紫乃さんもこのおかしな髪の色が見えているのだろうか？

そう訊ねたい衝動に駆られたが、ヤマガクのように「はあ？」と返されるのではないかと考えた。

いや、むしろそちらの可能性が高い。単純に僕の行動を不審に思って声をかけただけなのかもしれないのだ。

不意に足元でバサッという音がした。受け取ったばかりの日誌を机から落としてしまった。

「ご、ごめん。せっかく届けてもらったのに」

僕は屈んで日誌へと手を伸ばす。

すると紫乃さんが僕よりも早く日誌を拾い上げていた。

後から遅れて僕が彼女の手に触れてしまう。

瞬間、中庭での消失シーンがフラッシュバックした。

あの三人は同時に触れ合った途端に消え去った。じゃあ、二人だったら？

論理的に考えるよりも先に、未知への恐怖が体を突き動かした。

僕は椅子をガタッと鳴らして身を引いていた。

周りのクラスメイトが何事かと視線を投げかけてくる。

「……ご、ごめん。その、なんでもないんだ」

まるで僕が紫乃さんとの接触を全力で拒んだようになってしまった。

紫乃さんはしばらく僕を見つめていた。が、やがて日誌を僕の机の上に置き直すと、黙って自分の席に戻っていった。

「おいおい。またまたどうしたんだよ、緑川。なんだか今日はおかしいぜ？」

席の近いヤマガクが茶化すように声をかけてきた。

「……なんでもないんだ。なんでも」

紫乃さんの方を見ると、彼女は何事もなかったように机で読書を始めていた。

✦

放課後、僕は一人で屋上にやってきた。

手すりにもたれながら校庭を見下ろす。

グラウンドでは運動部員が準備体操をしたり、体力作りのランニングをしていた。

他にも部活を観察している女子や、時間を持て余している人、忙しそうに移動している教師など、屋上からはさまざまなものを一望することができた。

ちなみに僕はいわゆる帰宅部なので、暇な時にはよくここに来て景色を眺めたりしていた。

ただ今日がいつもと違うのは、目に映る光景がカラフルでチカチカするということだった。

「……まるでパズルゲームみたいだな」

スマホのアプリ『パズドライブ』の画面を思い出しながら僕はつぶやいた。

校庭をフィールド、カラフルな髪の人間をピースに見立てると、まさにパズルゲームそのものだった。

やはり今朝の出来事は同じ色が三人接触したから消えたのだろうか。

そんなことをぼんやり考えながら、僕は視界に映る適当な生徒に狙いを定め、別の生徒を指で弾く動作をした。

もちろん現実はゲームではないので人がスライドするわけがない。

ふと下の方から聞き覚えのある声が聞こえてきた。

見るとジャージ姿のヤマガクが校舎沿いにランニングをしていた。

一見して熱心に練習に励んでいるようだったが、よく見れば隣の部活仲間とともに笑い合いながら走っている。

それから何を思ったか、途中からクルッと踵を返して後ろ向きで走り出した。

馬鹿だ。馬鹿がいる。ナイスな大馬鹿だ。

僕は大いにあきれつつも、少しだけ微笑ましい気分になった。

朝から不可解なことが続いていたけれど、ちょっとだけ気持ちがほぐれた気になる。

が、それもつかの間のことだった。

後ろ向きで走るヤマガクの進行方向には、橙色の髪のカップルがいた。

二人は自転車を止めた状態で立ち話に夢中になっているようだった。

「……まさか、ね」

僕は念のためヤマガクの髪の色を再確認する。やはり橙色だ。

たとえ髪の色による危険性を知らなくても、高校生にもなればそうそう他人とぶつかったりしない。

周りが見えていない子供ではないのだから、危なくなる前に自然と気づくだろう。

気づくべきだ。早く気づけ！

ヤマガクと二人の生徒の距離は確実に縮まっていく。

「……ちょ、ヤマガク。ヤマガク！」

僕は思わず手すりから身を乗り出した。

声を張り上げるが聞こえていない。ヤマガク本人が笑い声を上げているせいだ。一緒に走っている部活仲間も周りが見えていない。

「ヤマガク！　おい、コラ！　ヤマガク！」

僕は力の限り声を張り上げる。

ヤマガクは止まらない。まるで引力でも働いているかのように、同じ色のカップルへと進んでいく。

僕は走って止めにいこうかと思った。が、今から屋上を出ても間に合うはずがない。

中庭での消失が頭をよぎった。

また同じようなことが起こる保証はない。でも、起こらない保証だってないのだ。

「ヤマガク！」

僕の声は届かない。

彼との付き合いは時間にしてみればそんなに長くない。でも席が近い上に乗り降りする駅が同じせいか、交流する機会は妙に多かった。

このままでは「橙×3」になってしまう。ヤマガクは消える。

本当に？　いや、そんなの駄目だ。

一瞬、わずかに上を向いた彼と目が合ったような気がした。

「ヤマガク――――――ッ！」

僕はあらん限りの声で絶叫した。

直後、視界がぼんやりと暗くなる。たぶん声の出しすぎで酸欠になってしまったのだろう。

しばらくして遠くから聞こえてくる声があった。

みどりかわー。みどりかわー、と誰かが僕の名前を呼んでいる。

僕は校庭を見下ろした。ヤマガクがカップルの手前で立ち止まり、こちらに手を振っていた。

ぶつかっていなかった。止まっていた。消えていなかった。

「……良かった」

僕はヘナヘナとその場にしゃがみ込みそうになる。が、どうにか手すりにつかまって足を踏ん張った。

「緑川――っ！」

ヤマガクが手でメガホンを作って声を上げる。

気がつけば地上にいる他の人たちも僕の方を見上げていた。なんだか妙に目立ってしまって気恥ずかしい。

僕はさっさと屋上から逃げ出したくなった。が、再度ヤマガクに呼びかけられる。

「人のことを大声で呼びつけておいて、いったいなんなんだー？」

彼に訊かれても、僕はそれを説明することができなかった。

橙色の髪が三つそろわないように呼び止めた？

そんなことを正直に言ったら、いよいよ頭のネジが飛んでいると思われるだろう。

僕はしばらく悩んだ末に、しごく当たり前の言葉を返した。

「後ろ向きに走るのは……危ないよ！」

「――はあっ!?」

ヤマガクはしばらく戸惑ったような顔をしていたが、やがて大声で叫び返してきた。

「おまえは、オレの、母親(おかん)かっつーの！」

◆

ヤマガクが去った後、僕は今度こそ手すりに寄りかかりながらその場にへたり込んだ。

その途端、どこからともなく軽やかな拍手が響いてきた。

「な、何？」

僕は屋上を見渡したが近くに人の姿は見えなかった。

「その蛮勇、お見事ッ！」

聞こえてきたのは少しハスキーな女子の声だった。

僕は屋上に誰もいないという認識を改めた。一カ所だけ姿を隠せる場所がある。屋上の出入口の上に設置されている貯水タンクだ。

案の定、そこから一人の女子生徒が姿を現した。

燃えるような赤髪のツインテールを風になびかせ、ジャージを制服の上に羽織っている。スカートの下にはスパッツを履き、泰然とした仁王立ちスタイル。猛々しい雰囲気の女子だった。

「だ、誰ですか？」

思わず敬語になってしまったのは、同じ学年でもなく、年下とも思えなかったからだ。おそらく上級生だろう。

「そうッ、あたしは――」

そこで名乗ると思いきや、彼女はいきなりジャンプした。

二メートル強ほどの高さをものともせず、僕の前へ華麗に降り立った。

「三点着地ッ、決まった！」

拳をグッと握ってガッツポーズを取る。

な、なんなんだこの人は？

圧倒されていると、彼女は親指をビシッと自分の胸に当てて自己紹介を再開させた。

「あたしは火ヶ坂灯華（ひがさかとうか）。ただの通りすがりの三年生だッ」

「……通りすがり？」

僕は彼女が身をひそめていた貯水タンクを見た。そこに上がるにはサビついた梯子を登らなければならない。少なくとも気軽に立ち寄るような場所ではない。

「嘘、ですよね？」

ツッコミを入れると、その火ヶ坂先輩なる人物は悪びれることもなく言った。

「じゃあ『通りすがりを装った三年生』ってことでいいや」

「あ、それでいいんですか」

柔軟というか、適当というか。あるいは何も考えていないだけなのか。

「……あの、それで僕にどういった用件でしょうか？」

「そう。それだよ、それッ」

火ヶ坂先輩は唐突に僕の目に人差し指を突きつけてきた。

ビクッと体が震えたが、ギリギリで指は目に当たらなかった。

「君ッ、見えてるだろ⁉」

「は、はい？　な、何がですか？」

「パズライズの世界が」

「パズルライ……？」

「パズライズッ」

初めて聞く言葉だったけれど、その言葉は困惑している僕になぜかスッと入ってきた。

「……も、もしかして」

火ヶ坂先輩はニカッと破顔した。

「そッ！　あたしも君と同じように見えるんだよ。緑色の緑川縁くん」

僕はしばらく言葉を出せなかった。驚いた。同時に嬉しくもあった。

「じゃ、じゃあ同じ色の人間が触れると消えてしまうのも……？」

「もちろんッ。だからさっき君がやった、小っ恥ずかしくも勇気ある行動もしっかり見させてもらったよ。普通の人はわからないし、助けられた本人も気づかない。でもあたしは知っている。君はよくやったってね！」

変な人にからまれた、という第一印象はあっという間に吹き飛んでいた。

火ヶ坂先輩は僕にスッと手を差しのべてきた。

「君はまだこの現象に慣れてなくて戸惑っているかもしれない。不思議なこと、不可解なこと、理不尽な感情でイッパイイッパイだろう。でも安心していい。ってか、しろッ。あたしたちに協力してくれれば、知ってることを包み隠さずに教えると約束する。君の力は貴重なんだ。是非、あたしたちの仲間になってくれ」

僕には一秒だって迷う理由がなかった。

それに今、僕は火ヶ坂先輩の言葉にさらに気になる点を発見していたのだ。

「今、『たち』って言いましたよね？　僕らの他にもいるんですか？　その、見える人が？」

「あたしの他に、これだけいるッ」

火ヶ坂先輩は得意げな笑みをたたえながら、ピースするみたいにして三本の指を立てた。

◆

火ヶ坂先輩について僕がやってきたのは旧・文化部長屋だった。そこは人数の少ない弱小の部活や、学校から公認されていない愛好会などがとりあえず部屋だけをあてがってもらっている場所である。目的の部屋は二階の一番奥にあった。

「ここだッ」

通路の突き当たりまで来ると、火ヶ坂先輩は足を止めた。

ドアに設置されたプレートには「パズル部」と書かれていたが、その上には小さく「アンチ」という文字が見えた。

「おッ。やっぱり気づいたか。良い注意力を持ってるね」

火ヶ坂先輩はドアをノックすると中に入っていった。

僕は「失礼します」と頭を下げて後に続いた。

真ん中には古びた長テーブルが置かれていた。それを囲うように二人の女子と、一人の男子が座っていた。

今日一日で身についた癖で、僕はその場の人たちの髪の色をすぐに確認した。

左手側に座っている男子は年上のようだったが、偉そうにはしておらず、温和な表情を浮かべていた。髪の色は青。

右手側には女子が二人並んで座っており、一人は黄色い髪の小さな女の子だった。とても背が小さかったので、たぶん下級生だろう。

その隣にいるもう一人の女子は僕が知っている人だった。

紫色の髪をしたクラスメイト——紫乃さんだった。

2 CHAPTER

第 2 章

火ヶ坂灯華とアンチパズル部の面々

NOVELiDOL

「注目！　刮目！　瞠目ッ！」

ドアを閉じると、火ヶ坂先輩が手を叩きながら言った。

火ヶ坂先輩は流れるように口上を続ける。

「遠からんものは音に聞け。近くば寄って目にも見よ。今から待望の新メンバーの紹介だッ」

仰々しい物言いにまず顔を上げたのはクラスメイトの紫乃さんだった。

読書中だったらしく本のページを開いたままだった。

彼女はいったん火ヶ坂先輩に目をやると、それから僕へと視線を移してきた。

「ど、どうも」

目が合ったので僕は軽く頭を下げた。

「…………」

ところが紫乃さんは返事をしてくれなかった。

視線だけは僕へ向けたまま離さない。一応こちらも彼女を見ているはずなのに、なぜか一方的に見られている気がする。視線の押し合いで今にも寄り切られてしまいそうだ。

「……え、えっと」

だんだん気まずくなってくる。

正直、最初はクラスメイトがいると思って安心していた。でも実際には無言による洗礼を受けてしまっている。

「コラッ、紫乃！」

サクッ、と火ヶ坂先輩の手刀が紫乃さんのショートボブに刺さった。

「観察してないでまずはあいさつだろッ。あ・い・さ・つ」

紫乃さんは叩かれた頭を手で押さえると、火ヶ坂先輩に抗議するように目を向けた。

そこでようやく彼女の視線が外れた。緊張から解かれる。

紫乃さんは少々不服げにしていたが、やがて頭を下げて謝ってきた。

「……そうですね。ごめんなさい。つい構えてしまいました」

彼女は開いていた本を閉じると、椅子から姿勢よくスッと立ち上がった。そして僕の前にやってきて言う。

「紫乃凪些です。二学年のCクラス。好きな科目は現代文。……同じクラスだから名前くらいは知っていると思うけど」

僕は紫乃さんの言葉に倣って同じように自己紹介することにした。

「緑川縁。同じく二年C組。知ってる……よね？」

「うん。知識としては把握している」

知識としては、か。

まあ、実際にこれまであまり絡んだことがないので正しい言葉だとは思う。

「ちなみに、だッ」

横から火ヶ坂先輩が割り込んできた。

「紫乃は自分からアピールしない奴だから、あえてあたしが教えておこう。緑川が髪の色を見分けられるかもしれないと報告してきたのは、この紫乃だ。つまり彼女がいなければ君はまだパズライズのことが理解できず、屋上で一人途方に暮れていたかもしれないわけだ。感謝するなら紫乃にするように」

「もしかして今朝のことで？」

僕は学級日誌をやりとりした時のことを思い出した。

紫乃さんは顎を引くようにして頷く。

「緑川くんって普段は比較的落ち着いている人なのに、今朝はやたらと外敵におびえる小鳥のような動きをしていたから。視線もやたらと人の髪にいってるみたいだし、もしかしてと思って」

外敵におびえる小鳥とは？　スズメとかウズラとかか？

いささか眉をひそめたくなったけれど、一応なにも言わないでおくことにした。

「そ、それで予想が当たった、ってことなんだね。ありがとう。火ヶ坂先輩に伝えてくれて」

「どういたしまして。わたしも安心した。だって――」

「だって？」

「違っていたら不審者ってことだから。同じ教室でそんな人と授業を受けたくはないの」

「…………」

要するに紫乃さんが直に僕に声をかけてこなかったのは、僕が変な奴である可能性を捨て切れなかったから、ということか。

どうやら紫乃さんは意外とシビアな人らしい。あと何気に毒舌だな、と思った。

「よしッ。それじゃあ次の部員を紹介しよう」

火ヶ坂先輩は紫乃さんの隣に座っているもう一人の女子へと向かっていった。

「キイ。新メンバーを連れてきたぞ。新顔のニューフェイスだぞ」

その女子の第一印象は何を置いてもまず小さい、ということだった。

椅子から投げ出した足は床についておらず、部屋の真ん中に置かれたテーブルには座高が届いていない。髪はよくいえば無造作ヘアーで、悪くいえば少しボサボサ。黒縁のメガネはサイズが合ってなくて今にもずり落ちそうだ。

制服の袖は余っており、わずかに覗いた指先で巨大な（実際には体が小さいせいで相対的にそう見えるだけだろう）タブレットを忙しなくタップ、スワイプ、スクロールさせている。

「キイ。キーイ。キーイッ！」

火ヶ坂先輩が何度も呼びかける。が、キイと呼ばれた彼女は集中していてまったく顔を上げてくれない。

「メガ無視だね」

僕がボソッとつぶやくと、横で紫乃さんが静かに首を左右に振った。

「キイのはギガ無視ってところかな」

「じゃあ次はテラ無視？」

僕らが愚にもつかないことを言っている傍らで、火ヶ坂先輩はずっと呼びかけを続けていた。が、まったく功を奏していないようだった。延々と時間だけが過ぎていく。

「……まったく、仕方がないんだから」

進展のなさにあきれた紫乃さんがキイの傍に身を寄せた。そしてタブレットの端にそっと指先を置く。たったそれだけのことなのにキイの反応には変化が生じた。

「き、奇妙です。ワンダーです。なんなんだーです」

普段からスマホを使っている身としてはすぐに察しがついた。タッチパネルは一点タッチと二点タッチでは動作がまったく異なる。要するに誰かに少しでも液晶を触られているだけで、本人が意図していた作業ができなくなってしまうのだ。

それでもキイは紫乃さんの介入にすぐには気づかない。

「ふんっ、ふんぬっ、憤怒ーっ！」

しばらくキイは奇妙な声を発しながらタブレットの操作を繰り返していた。が、とうとう紫乃さんの存在に気がついたようだ。キイは眉間にシワを寄せながら紫乃さんに言った。

「なんですか？　紫乃センパイ。これはどういう了見ですか？」

紫乃さんはタブレットから指を離すと、その指先をそのまま僕の方へと向けた。

「お客さんが来ているから呼んだの。正確には新入部員なんだけど」

「シンニュウ？　ブイン？　どういう概念ですか？」

明らかに脳内の漢字変換がうまくいっていない口ぶりだった。下手したら「侵入」なんて言葉が浮かんでいるのかもしれない。

案の定、僕を見たキイは変な顔をしていた。例えるのなら、名前をまったく聞いたことのない外国の料理を初めて口に入れた、みたいな表情だった。

「えーと、あの、初めまして」

紫乃さんは幸い面識があったわけだけど、キイとは完全に初対面だ。たぶん幼い外見から一年生だろう。とりあえず年上としてきちんとしたあいさつをしなければいけないと思った。

「ぴゅっ！」

突然、形容の難しい音が聞こえた。

ペットでも飼っているのかと思って部室を見回したが、それらしい小動物やケージは見当たらない。

「……なんだったんだ？」

首をかしげながら視線を前に戻すと、椅子の上からキイの姿が忽然となくなっていた。

見ると壁面にあるロッカーとカラーボックスの間に体をねじ込んでいて、巣穴から外界をうかがう小動物のようにこちらを警戒している。どうやらさっきのは彼女本人の悲鳴だったらしい。

「だ、だ、誰ですか。何者ですか。どうしてこの人はここに存在しているんですか？」

存在とは？

物凄く哲学的な問いのように聞こえなくもない。

ただ同時に存在を否定されているようにも聞こえてしまった。

僕が戸惑っていると、火ヶ坂先輩が横から補足説明をしてくれた。

「キイは他の人よりちょっとだけ人見知りなんだ。べつに緑川を怖がってるわけじゃないから気にしなくていい。というか、するなッ」

正直「ちょっと」というレベルではない気がした。でも火ヶ坂先輩の言葉をとりあえず信じることにした。

僕はできるだけフレンドリーな口調で再度キイに話しかけた。

「大丈夫。僕は怪しい者じゃないから」

「…………」

「…………」

言ってみてから気がついた。世の中には口に出していい効果が得られる言葉と、逆に胡散(うさん)臭くなる言葉がある。今のは明らかに後者だった。

「……墓穴」

紫乃さんがボソッとつぶやく。

と、とりあえずもう一度だ。

僕は仕切り直しを図って今度は自己紹介を試みた。

「二年C組の緑川縁と言います。驚かせてごめん。今日、パズライズの色が見えるようになって、ついさっき火ヶ坂先輩に誘われてここにやってきたんだ。ええと、とりあえず今後ともよろしく」

僕は誠意を示すために深々と頭を下げた。

「…………」

「…………」

沈黙が続く。辛抱強く待つ。するとようやくキイがほそぼそとした声で応じてくれた。

「……は、はい。こ、こちらこそ、どうかよろしく、です」

僕はその後にもキイの言葉は続くものと思っていた。

「…………」

「…………？」

え、終わり？

もう少し何か情報はないのだろうか。

「キーイ」

今度はキイの頭に火ヶ坂先輩の手刀が入った。

「あっちが名乗っているんだから、こっちも名乗り返すくらいしないとッ」

するとキイは火ヶ坂先輩に向かってはっきりした声で言った。

「目には目を、歯には歯を、のようにですか？　それってハムラビ法典じゃないんですか？　復讐は復讐を生みませんか？　リベンジポルノは違法ってネットに書いてありますよ」

二発目の手刀がキイの頭に入った。

「意味不明かつ品のないことを言わなくていいから、名前と学年くらいは言えっての。さっきから全然話が進んでないんだぞッ」

「わ、わかりました。不本意ですが、やってみます」

キイは火ヶ坂先輩と話している時は流暢な話し方だった。でも僕の方へ向き直るとあっという間に油が切れたブリキ人形のようになる。

「……よ、よっ、よこよこよこっ」

「…………」

「……よこ、横井黄衣。一年生」

「……………」

「…………以上です」

本当に言われた通りに名前と学年しか言わなかった。

できればもう少し情報が欲しかったけれど、肩で息をしているキイを見てあきらめた。一応、彼女なりにがんばってくれたのはわかった。

「大丈夫だよ」

紫乃さんがキイに柔らかく声をかけた。

「緑川くんはわたしと同じクラスなんだけど、同い年の男子の中では珍しく落ち着きがある方だし、性格も至って温厚。かなり理性的な男子だとわたしは思ってる。だから安心していい」

「本当ですか？　間違いじゃありませんか？　印象操作じゃありませんか？」

キイは執拗に訊ねていたが、紫乃さんは「大丈夫」と真顔で頷いた。

そのやりとりを聞いて僕は心がわずかばかり踊った。

紫乃さんとはこれまでほとんど関わりがなかったのに、紫乃さんは僕の人となりをそこそこに把握してくれている。ということは僕は知らないうちに彼女によく見られていたということだ。正直、悪い気はしない。

「ただし」

不意に紫乃さんは付け加える。

「ちょっと草食系の雰囲気があって、いざという時に頼りなさそうな感じはする。今朝もずいぶんとテンパっていたみたいだし。ガラスのハートなのかも。強化ガラスじゃない、普通に叩いたら割れる方のガラス」

かなり的を射た観察力だった。というか的確すぎて精神的なダメージが大きかった。

「さあ、そして満を持しての三人目だッ」

仕切り直すように火ヶ坂先輩が言うと、それまでずっと僕らのやりとりを眺めていた男子が「うん」と頷いて立ち上がった。

身長は僕より少し高いのに、体はスラリと細い。サラサラの髪で、口元には柔和な微笑が浮かべられている。そして何より特筆すべきなのは、男から見ても認めざるを得ないほどのイケメンだということだった。

「やあ。待っていたよ。俺の名前は青藤清司。火ヶ坂と同じ三年生だ。さあ、まずは握手をしよう」

彼はにこやかに笑いながら手を差し出してきた。

「え？」

いきなり握手を求められたのは初めてのことだった。小学校や中学校でも最初からそんなことはした覚えはない。もちろん高校でもだ。

正直なところあまり気が進まなかったけれど、無下にもできないので右手を差し出した。するとなぜか互いの手が映し鏡みたいになってしまった。

「フフッ」

青藤先輩は上品な笑い方をした。

「ごめんごめん。俺、左利きなんだよ。うん。これじゃ握手はできないね」

「すいません。最初からこちらが合わせるべきでした」

僕は右手を引っ込めて代わりに左手を差し出した。

ギュッと力強く手を握られる。思った以上にたくましい握手だった。

「これから同じ仲間としてよろしく頼むよ。うん。特に君には期待しているから」

「まだまだわからないことだらけですが、こちらこそよろしくお願いします。青藤先輩」

すると彼は微笑を浮かべたまま首を左右に振った。

「先輩として敬ってくれるのは嬉しいよ。うん。でもさ、ここに集っているのは同志としてなんだ。それに君と俺は同性だろう？　敬称なんてつけずに名前で呼び合おうじゃないか」

「え、いきなり名前からですか？」

それはちょっとハードルが高い。しかも相手は年上だから余計に抵抗がある。

返答に窮していると彼は妥協案を出してきた。

「だったら名字にしよう。うん。『青藤くん』でも『青藤さん』でもいい。君さえ良ければ『青藤ちゃん』でも構わない。それくらいなら大丈夫だろう？　俺は少しでも早く君との魂の距離を縮めたいんだよ」

　青藤ちゃん、というのは果たしてツッコミを入れるところなのだろうか？

「……じゃあ、青藤さん、で」

「ありがとう。それじゃあ俺は君のことを『縁くん』と呼ぶことにするよ。うん。こっちから呼ぶのは問題ないだろう？」

「……ど、どういたしまして」

　曖昧に頷きながら手を離そうとしたが、握手はまだ続けられていた。熱烈に歓迎されている感じは伝わってくるが、個人的には濃厚すぎるファースト・コンタクトである。

「――ッてなわけで」

　一通り自己紹介が終わったところで火ヶ坂先輩が明るく言った。

「これが我がアンチパズル部の部員だ。少ないけれど、いわゆる少数精鋭ってやつだから。あ、せっかくだからあたしも改めて名乗っておこうかな。火ヶ坂灯華、三年A組。アンチパズル部の部長だ。緑川、これからよろしく。あたしたちは君を歓迎するッ」

あたしたち、と火ヶ坂先輩は言った。

でも紫乃さんはもう席について本の続きを読んでいたし、キイはまだ隙間に体を隠したままだ。そして青藤さんはいまだに僕の手を離してくれない。もしかしてそっち系の人じゃないよな、と少し心配になる。

ともかくこうして僕はアンチパズル部に入部することになった。

✦

とりあえず自己紹介が済んだので僕らは席につくことにした。

みんなの座席はだいたい決まっているようで、長テーブルを中心にした奥側に火ヶ坂先輩が、右手側に紫乃さんとキイが座った。もっともキイは僕への警戒を解いておらず、椅子を奥の壁沿いギリギリまで持っていっている。

ちなみに僕は入り口から見てテーブルの左手側、青藤さんと椅子を並べることになった。

「さてッ」

火ヶ坂先輩は貫禄を出すように両腕を組んだ。

「いろいろこっちから教えなきゃいけないことがあるし、そっちから聞きたいこともあるとは思う。でもまずは緑川がどれくらい現状を理解してるか確認させてもらおうか。パズライズ——ってあたしたちは呼んでるんだけど、この現象を認識できるようになったのはズバリいつから？」

「今日からです」

僕は今朝のことを思い出しながら答えた。

「まず朝に歯磨きをしている時、鏡で自分の髪の色が変わっていることに気づきました」

「なるほどッ。ということはまだ正味一日もたっていないってことなんだ」

火ヶ坂先輩はしばらく「ふむふむ」と言って頷いていたが、やがて自分の膝をパシッと叩いた。

「よしッ。ここは自分たちへの再確認も含めて、誰かにパズライズの説明を一からやってもらおうか」

誰か、というのはもちろん他の三人の部員ということになる。紫乃さんか、キイか、青藤さんか。

突如、キイが頭をブンブンブンブンと振り出した。いつメガネが飛んでもおかしくないほどの勢いだった。

「絶対ノーです、ごめんです！　未知なる存在の前で私が説明なんてできますか？　いいえ、残念できません！」

「苦手なことに挑戦して自分を鍛えよう、ってプラスに考えたりはできない？」

　火ヶ坂先輩がポジティブに問いかけたが、キイは両耳をふさいでさらに頭を振る速度を上げた。

「あーあー。聞こえますか、聞こえません。うーうー。届きますか、届きません」

　子供か、とツッコミたくなったけれど、実際はそんなに大差はないのかもしれない。高校一年生といっても数カ月前までは中学生だったのだ。まあ、それを差し引いてもちょっと彼女の場合は幼すぎる印象はあるけれど。

「仕方がないね。こうなったら同クラのよしみでよろしくッ」

　火ヶ坂先輩は今度は紫乃さんを指名した。するとこちらも難色を示した。

「火ヶ坂さん。あいにくですが、わたしもやりたくはありません」

「いつも本読んでるじゃんッ。説明とかうまそうじゃない」

「わたしが読むのは基本的に小説なんです。つまりフィクションです。客観的な事実を人に正確に伝達するのとは全然タイプが違うんですよ」

　紫乃さんは言葉遣いこそ丁寧だったけれど、キイに勝るとも劣らない頑なさがあった。

「仕方がないなあ。うん。俺がやるよ」

座っていた青藤さんが苦笑しながら立ち上がった。火ヶ坂先輩は「よろしく」と言った。

青藤さんはそう言って火ヶ坂先輩の肩に手を置いた。どうやら女子にも等しくボディタッチするらしい。少なくともそっち系ではなさそうで安心した。

「うん。ドンマイ」

紫乃さんは説明役は免れたものの、代わりに書記をするように青藤さんから指示を出された。これには不服はなかったようで、彼女はいったん廊下へ出ると、ホワイトボードを押して部室に戻ってきた。聞くと隣が空き部屋になっており、他の部の備品がいろいろ放り込まれているらしい。

ホワイトボードには青藤さんの指示により、あらかじめいくつかの文章が書かれることになった。

「さあ、縁くん。見てくれ。これが我々『アンチパズル部』が把握しているこの世界の裏ルールだ。うん」

僕はホワイトボードに書かれた五つの項目に目を通した。


〜パズライズ（パズル的現象）でわかっていること〜

①高校生以下の人間は赤・青・緑・黄・紫・桃・橙の七色のうち、いずれか一色を
　髪に宿している。
②同じ髪の色の人間が三人以上同時に接触すると、この世界から消失する。
③消えた人間は最初から存在しなかったことになる。
④髪の色を見分けられる者（暫定的に『パズライザー』と命名）だけが、消失の事
　実に気づくことができる。
⑤学校の敷地内でしかパズライズによる消失は起きない。

予想していたこともあれば、そうでもないこともあった。

特に消失が学校に限定されているのは予想外のことだった。でも同時に納得もいった。駅や電車の中など、登校途中には学校より混雑している場所があったが、そこでは何も起きていなかったからだ。

それにしてもこうしてまとめられてみると、改めてパズルゲームのようだと思う。色とりどりのブロックを動かして同じ色同士で並べると消える。この手のゲームなら『パズドライブ』『ビジュエルドブリンク』『キャンディークラック』などのメジャー作品から、ネット上の無料アプリまで実にいくらでもある。

ただ、それらと決定的に違うのは、消えるのがブロックやピースなどのようなデジ

タルなものではなく、リアルに存在する「人間」であるという点だ。

実に荒唐無稽だ。

たぶん今日、実際に人が消える瞬間を目の当たりにしていなければ、まったく信じられなかっただろう。ありえないと言ってこの場の人たちを一笑に付していたかもしれない。

「読んだかい？　それじゃあ質問コーナーだ。何か聞きたいことは？　大きなことから小さなことまでなんでも疑問に答えよう。うん。なんなら個人的な悩み相談でもいいよ？」

青藤さんがちょっとおちゃらけた言い方をした。

もしかしたら僕の緊張をほぐしてくれようとしているのかもしれない。おかげで僕は初対面なのに気楽に質問することができた。

「とりあえず消える対象や条件について、もう少し噛み砕いて説明してもらえませんか？」

まずは基本をしっかり自分になじませなければならない。新しくゲームのアプリを開始する時も、重要なのは基本ルールを徹底的に押さえることなのだ。

「うん。いい姿勢だね。慎重に理解しようとするところが好感に値するよ」

青藤さんはそう言うと左手の指を三本立てた。

「色と、数と、場所。これらを満たして初めてパズライズの消失が起きるんだ。うん」

色とはパズライズによる髪の色だ。

数は三つ以上。

そして場所。学校の敷地内に入った瞬間から初めてパズライズの対象となる、ということだった。

「他にはどうかな？」

「髪の色は七色ですべてですか？　それ以外にはないんでしょうか」

「俺たちが把握している限りではそうだね。うん。ちなみに加齢などによる地毛の変化は含めない。要するに黒が白くなったりするのはパズライズとは関係ないってことだね」

大人がこの現象に関わらないのは登校途中で既になんとなく感じ取っていた。

「敷地内ということは、校舎の中だけでなく、外の中庭やグラウンドなども、ということですか？」

「うん。教室、体育館、道場、グラウンド。基本的にどこでも起きると思っていてほしい」

ちなみになぜ学校でパズライズが起きるのかは不明だが、おそらく年齢と関係があるのだろう、というのが青藤さんの見立てだった。

他に質問がなくなってきたあたりで、僕は最大の疑問を訊いていないことを思い出した。

「消えた人はどうなるんですか？」

「……うん。それはわからないんだ」

わずかに部室の空気が重くなった。

「……そうですか。わかりました」

「すまないね。なんでも答えるって宣言しておいてさ」

「いいえ。わからないことがわかってよかったです。無知の知ですよ」

「そう言ってもらえると質問コーナーを作った甲斐があるよ。うん」

「あ、そういえばパズライザーってここにいる全員なんですよね？」

僕は最後に少しでも空気を軽くしようとして言った。こんな特殊な人間が集まっているなんて凄いですよね、というような方向に話題を持っていこうとしたのだ。

「………………」

ところが場の空気はさっきよりも緊張してしまった。

その後の言葉は火ヶ坂先輩が引き継いだ。

「……実はそうでもないんだ。この学校にはまだあたしたちが把握できていないパズライザーがひそんでいる可能性がある」

「……ひ、そ、ん、で、い、る？」

「そうッ。実はこの学校では半年ほど前からパズライズを悪用した消失事件が断続的に起きている。今朝、中庭で起きた事件もそのパズライザーによるものかもしれないんだ」

火ヶ坂先輩はグッと拳を握ると、前へビシッと突き出した。

「このアンチパズル部は、そいつを食い止めるために結成したものなんだッ！」

✦

その日の夜、僕はベッドの中で思うように寝付くことができずにいた。

今日は色々なことがありすぎた。正直、自分のキャパシティーを超えている。

普段だったらこういう時は、アプリのパズルゲームで適当に気を紛らわせたりしていただろう。

だけど今日はそんな気にはなれなかった。たぶん今後しばらくはパズルで遊ぼうなんて気にはならないはずだ。

寝返りを打ったら中庭で三人が消えるシーンがフラッシュバックした。

あれが事故なのか、誰かによって引き起こされたものなのかはわからない。

疑いはあるみたいだけど、今のところアンチパズル部で決定的な証拠をつかんでいるわけでもないらしい。

とはいえ本当に悪意を持つ人間がうちの学校にいるのなら、僕はどうにかしてそいつを食い止めたいと思った。

目の前で人が消えたのに、それを悲しむことすらできないというのはやはり自然なことではない。

僕は昨日までこちら側の世界を知らなかった。

どうして今朝から急に認識できるようになったのかはわからない。

でも、このタイミングにはきっと意味があるのだろう。そう思っているうちに眠りがやってきた。

✦

翌朝、僕はいつもより早く目が覚めた。

眠る前はなかなか寝付けないと悩んでいたはずなのに、実は意外と熟睡できていたようだ。

体は軽く、頭は明瞭だった。いつものように夜更かししてゲームをやらなかったからかもしれないけど。

僕は部屋を出ると洗面所で自分の髪を確認した。

一晩たったら何事もなかったかのように元に戻っている、なんてことは起きていなかった。今日も僕の髪の色はメッシュの入ったような緑色だった。

そういえば他の人の髪の色は誰もが完全に染まりきっていた。どうして僕の色だけこんな中途半端に混ざった感じなのだろうか。

パズライザーとして目覚めたばかりだから？

とりあえず学校についたらアンチパズル部の誰かに訊いてみようと思った。

マンションを出ると昨日と同じく、街の光景はカラフルだった。

駅では人の数が多くて少し緊張したものの、昨日アンチパズル部で聞いた通り、パズライズは一切起きなかった。

ちなみに今朝は駅でヤマガクと出会わなかった。運動部の彼は時おり朝練で先に行っていることがある。

教室には既に紫乃さんの姿があった。相変わらず一人で本を読んでいる。

「紫乃さん。おはよう」

自分の席に向かう途中に彼女の机があるので、僕は紫乃さんにこちらからあいさつを試みた。

「おはよう」

紫乃さんは本から顔を上げると、実にシンプルなあいさつを返してくれた。そしてすぐに視線を本に戻す。

正直、あっけないというか、素っ気ない。

自分の髪のことを訊ねようと思っていたけれど、とりあえず今はあきらめた。

それにしても曲がりなりにも同じ境遇になったのだから、もう少し何か反応があってもいいのでは、とは思った。

あるいは教室でパズライズの話はするな、という意思表示なのだろうか。

自分の席に座るとヤマガクが足早に僕のところへやってきた。

「なんなんだ。おいおい。なんなんだ！」

ヤマガクはいつにも増して鼻息が荒かった。

「なんなんだって、なんなんだよ？」

「あの孤高の文学少女、紫乃ちゃんとあいさつを交わしてることだよ。昨日は彼女のことを拒否ってたくせにさ。おまえ、彼女と何かあったのか？　あったんだな？　思えば昨日から様子がおかしかったのも、こういうわけだったのか！」

グイグイとヤマガクが肉薄してくる。ものすごくうるさくて、ありえないほど近い。

「べつに。ただ、昨日新しく部活に入ることになって、そこに彼女も所属していたんだよ。部員同士であいさつするのは当然だろ？」

僕が帰宅部だったことを知っているヤマガクは首をかしげた。

「え、おまえ部活始めたのかよ？　どこに入ったんだ？」

「ええと、パズル部かな。一応」

「……はあ？」

ヤマガクはポカンと口を開けていた。

ちなみに正確には同好会扱いらしい。部と名乗っていても部費は支給されておらず、部室だけかろうじて割り当てられているとのことだった。言うなればパズル部というのは世を忍ぶ仮の姿、といったところか。

「ま、まあ、いいんじゃないか。うん。世の中には人の数だけ色んな趣味があるからさ。ナンバーワンよりオンリーワン。いいと思うぜ。がんばれ！」

ヤマガクはもっともらしそうなことを言うと、フェードアウトするように僕から離れていった。

✦

午後の授業が終わって放課後になった。

荷物を鞄に詰めながら、僕は紫乃さんに声をかけるべきか迷っていた。

結局のところ今日一日、紫乃さんの方からはなんのコンタクトもなかった。

だけどこのままというのはアンチパズル部員としてよくない気がした。

ただの部活ではなく、曲がりなりにも学校の平和を守るためのものなのだからなおさらだ。

僕は意を決して紫乃さんの席の前へ移動した。

「紫乃さん。例の……パズル部のことなんだけど、普段は放課後にどんなことをしてるの？」

紫乃さんは僕をしばらく例の観察するような目でじっと見ていた。

しばらくして紫乃さんはポツリとつぶやいた。

「……見回り、かな」

「どこを？　校舎の中？　それとも外？」

「基本的には校舎の中かな。昨日の中庭でのことはわりと稀で、これまでの事件はほとんどが校舎の中で行われていたらしいから」

「なるほど。それじゃ僕も今日から校舎内の見回りをしておけばいいのかな。あ、でもまずは部室に行って先輩たちから指示を受けた方がいいかも。見回り箇所が他の人もない。

　そんなことをつぶやいていると、紫乃さんはまたしても僕のことをじっと見つめてきた。基本的に無表情なのだが、なんとなく不思議がられているような気がしないでもない。

「……ふうん。部室、行くんだ。自分から」

「え、そりゃ、まあ」

「億劫じゃないの？」

「おっく……え、何？」

「面倒じゃないの、って意味」

「いや、面倒っては思わないかな。まだ二日目だし」

「それなら」

　紫乃さんは机の横に提げていた鞄を持って立ち上がった。部室に行くものと思い、僕も追って教室を出る。ところが彼女は部室とは逆方向に体を向けていた。

「本当は今日はわたしが見回りすることになっていた日だったけど、緑川くんに譲るから。よろしく。わたしはこれから図書室に行くから」

「え？」

「いったん部室に行けばきっと先輩のどちらかが教えてくれるはず。そういう人たち
と被っても意味ないだろうし」

だから」

「うん？」

「大丈夫。心配することなんてないから」

「……あ、そう。わ、わかった」

流されるままに頷くと、紫乃さんは速やかにその場から歩き去っていった。

なんだか誘いを断られたような形になり、微妙に恥ずかしかった。

せめてもの救いはヤマガクが近くにいなかったことだろう。彼に見られていたらほぼ確実に笑いものにされていたはずだ。

それにしても紫乃さんはやる気がないのだろうか。それとも僕と一緒にいるのが嫌なのか。後者だとしたらちょっと凹む。

ぐるぐるした気持ちのまま歩いていると、いつの間にかアンチパズル部の部室の前に到着していた。どうやら僕は物事を深く考え込むと、夢遊病患者のように無意識のまま歩いてしまう癖があるらしい。

ドアに手をかけようとしたら、内側から勢いよくドアが開け放たれた。

「おッ？　緑川じゃん！」

中にいたのは火ヶ坂先輩だった。顔面にドアがぶつかったことはスルーされた。

「もしかして自主的に見回りに参加しに来たのかい？　いいね、いいねッ！　やる気は万物のモチベーションだぞ」

「ええ、一応」

紫乃さんに去られたのがちょっと心に響いていたが、もともとは一人でも部室に来るつもりではいたのだ。

「うん。流石だね」

部室には青藤さんの姿もあり、感心したように僕を見て頷いていた。

僕は紫乃さんが部活に来ないことを伝えた。告げ口というわけではないけど、一応報告しておいた方がいいと思ったのだ。

「あ、そう。まあ、紫乃はなんかそういう奴みたいなんだよね」

火ヶ坂先輩はさほど気にした様子もない。紫乃さんのこういう淡白な行動はさほど珍しいわけではないようだ。

「ところでさッ、緑川はジャージは持ってきてないの？」

いきなり火ヶ坂先輩が訊いてきた。彼女は昨日と同じように、ジャージをマントのように肩に羽織っている。

「教室に置いてます。でも見回りって基本、校舎の中なんですよね？　べつにジャージでなくても大丈夫じゃないですか？」

「基本はね。でも、今日は緑川にとって初めての見回りをするわけじゃん？　だったら何があってもいいようにジャージの方がいいよね？　ジャージはどんなところでも活躍できるんだよ。ジャージは万能。ってなわけでジャージで集合！　四十秒で支度しなッ！」

「え？　え？　え？」

部室に留まっている青藤さんが同情するような表情で手を振っていた。

この後、めちゃくちゃ体育会系だった。

✦

やる気はあった。正義感も多少は持っているつもりだった。人を消そうとする奴がいるなら、つかまえて阻止してやろうという気概もあった。ただ体力だけが足りなかった。

僕は屋上で仰向けになっていた。

屋上から見える町並みは絶景だ。だけど僕は空を見上げているしかなかった。動けないからだ。

こうなったのも火ヶ坂先輩のレッスンを受けたからに他ならない。

僕は火ヶ坂先輩と一緒に、まず校舎内を見て回った。過去に人が消されたというポイントや、周りから死角になりそうなところ、人が混雑してパズライズ事故が起こりそうな場所など、さまざまなレクチャーをされた。

その後、見回りは外へと拡大された。

うちの学校は敷地が広いことで有名で、それに合わせて施設の数も多い。体育館は新旧含めて二つあり、テニスコート、弓道場、野球場、陸上のタータントラック、プールなどが設営されている。

それでもまだゆっくり行動していれば、いかに体力のない僕でも問題なく見回りすることができたはずだ。そうならなかったのは、一緒に行動する火ヶ坂先輩のスピードが尋常ではなかったからだ。

「見回りは速度が一番ッ！　筋肉も速度が一番ッ！　未来を抜き去るように前へ、前へッ！」

ポリシーのようなものを連呼しながら彼女は進む、進む、進む。

途中からこれは見回りというより、スピードマラソンなのではないかと思うようになった。が、アンチパズル部としてほぼ初めての活動だったので、僕はできるだけ彼女についていこうとした。

だがしかし体力は有限。外周りをどうにか終え、もう一度屋内の見回りをしようと言われたところで限界が来てしまったのだった。

「緑川ってけっこう体力ないんだね。そんなんで男子としてやっていけるの？」

「……やめたら女子になれるんですか？」

「んなわけないじゃん。緑川ってヘンなこと言うね」

いや、それを言うならそもそも火ヶ坂先輩の方が体力的にヘンなのである。

同じ距離を一緒に行動したはずなのに火ヶ坂先輩はピンピンしていた。彼女は昨日と同じように屋上の一段高くなったところに上っており、ジャージとツインテールをなびかせながらグラウンドを見下ろしている。

おもむろに彼女は振り返って僕へ言った。

「いや、でもさ。緑川にやる気があって良かったよ。体力的なものには目をつむるとしても、仲間が増えたのは本当に嬉しいんだ。敵がどこにひそんでいるのか、現状ではてんで見当がついてないところだったからね。人手が多いのは実に助かる」

上体を起こして火ヶ坂先輩を見ると、彼女は屈伸や前屈などの各種ストレッチを始めているところだった。

「……もしかして、まだ見回りを続けるつもりなんですか？」

「うん？　もちろんッ！　あ、でも緑川は休んでいていいから。あたし一人で回ってくるだけだからさ」

僕はちょっと訳がわからなくなった。

というのも、実のところ見回りは地味で退屈だったからだ。

最初はいつパズライズが起きても対処できるよう、かなり肩に力が入っていた。

でも今日の見回りをしたところ、実はそういう危ない場面はあまりないことに気づいてしまった。

放課後に校舎にいるのは概ね大人しい文化部たちだし、運動部は動きが激しい分、広いスペースで活動している。

そもそも三人が同時に触れ合うという状況は自然には起こりにくいのだ。

あとは学校にひそんでいるパズライザー探しだが、これも考えてみると難しい。消えた人間のことは周りが覚えていないので、聞き込みも何もしようがないのだ。

それでも火ヶ坂先輩は見回りを続けると言っている。

今なら紫乃さんがやる気を示さなかったのが少しだけわかるような気がした。

「どうしてそんなに根気があるんですか？　何が火ヶ坂先輩をそこまで駆り立てるんですか？」

僕は純粋な疑問を火ヶ坂先輩にぶつけた。すると彼女はその質問が意外だったのか、しばらく「うーむ」と腕組みをしながら首をかしげていた。やがて「まあ、たぶんあれかな」とつぶやいた。

「これは二、三年前のことだから今回の消失事件とは関係ないんだけど、昔、パズライズの事故で小学校の時からの親友をなくしたことがあったんだ」

「えっ？」

「その時はあとちょっと早く動けていれば阻止できたんだけど、間に合わなくてさ。それ以来、考えるよりもまず体を動かそうって決めたんだ。だからなんていうかな、あたしはべつにそんなに深く物事を考えて行動してるわけじゃない。とにかく動きたい。後で後悔しないようにって」

「…………」

思わず言葉に詰まっていると、火ヶ坂先輩がハッとしたように慌てて手を振った。

「あッ！　違う違う。しんみりするなって。そんなつもりで言ったんじゃない。ただ理由を聞かれたから答えただけ。わ、忘れろ。でないと蹴り飛ばすッ！」

「わ、わかりました。忘れます。忘れました。だから蹴らないでください！」

「よしッ」

火ヶ坂先輩は僕の返事に満足そうに頷くと、貯水タンクの横からジャンプして降りてきた。

着地は相変わらずの三点着地。この人、たぶんカッコイイと思って意識的にやっているに違いない。

ふと、どこからか聞いたことのあるメロディーが聞こえてきた。耳をすませてみるとカンフー映画の『燃えよシードラゴン』のテーマ曲だった。

「お、メールだ」

火ヶ坂先輩がジャージのポケットからスマホを取り出す。

「……男、いや、漢らしすぎやしませんか？　無頼漢とかの、漢ってことですが」

「カッコイイっしょ？　ブルース・ニーはあたしの理想のアスリートの一人なんだ」

「え、それってアスリートでしたっけ？」

「体さえ動かしていれば、あたしの中ではだいだいアスリート認定なんだよッ」

なんだかざっくりすぎる分類法を聞かされた気がした。反論したかったけれどそこまで詳しくもない。あとでウィキとかで確認しておこう。

そんなことを思っていたら、不意に火ヶ坂先輩の表情が険しくなった。

「キイからだッ。第二体育館でパズライズ発生の危険あり。緑川ッ、行くぞ！　あと紫乃にも連絡しておいて！」

火ヶ坂先輩はダッシュで屋上の階段を下りていく。

「は、はいっ！」

僕は走りながら紫乃さんに電話をかけた。ちなみに番号は昨日の時点でアンチパズル部全員と交換しておいたのだ。

「もしもし」

五コールほどで紫乃さんが電話に出た。

僕は火ヶ坂先輩が言ったことをそのまま繰り返した。第二体育館でパズライズ発生の危険あり。緊急招集。

「了解」

言葉は短いものの即答だった。

てっきり断られるのかと思っていたが、いざという時は彼女もちゃんと動いてくれるらしい。

電話を切って改めて前を見ると、火ヶ坂先輩との間はかなりあいてしまっていた。並々ならぬ身体能力の高さだ。

一階の廊下で紫乃さんと合流した。火ヶ坂先輩が先行し、少し遅れて僕と紫乃さんが続く。

第二体育館に到着すると、入口の前でオロオロと足踏みをしているキイがいた。

彼女は火ヶ坂先輩の姿を見ると片手をバタバタと振っていたが、あとから来た僕の顔を見て「どうっ⁉」と変な悲鳴を上げた。

「ど、ど、どうして余計な人が混じっているんですか？　メーデー、エマージェンシー、SOSです！」

「今はそんなこと言ってる場合じゃないだろ。さあ、状況説明ッ！」

キイは脱兎の如くその場から逃げ出そうとしたが、火ヶ坂先輩に襟首をつかまれて体ごと持ち上げられた。足をバタつかせるが、地に足がついていないので逃げようがない。

仕方がなくキイは説明を始めた。

「だ、第二体育館でバスケ部たちが練習してたんです。途中までは普通だったんです。ところが急に男子バレー部たちが大勢入ってきて、コートの使用順が違う、だましたな、今すぐ出ていけ、って騒ぎ出したんです」

「色と数はッ？」

「紫多数です！　青はもっと多数です！　どちらもパズライズが起きるに十分すぎる数です！」

「わかったッ。まずは中に入ろう！」

火ヶ坂先輩はキイを抱えたまま第二体育館に飛び込んだ。僕も追って中へ入る。紫乃さんは最後に続いた。

中に入った途端、激しい怒鳴り声が響き渡った。

「なんだとオラァアアア！　もう一回言ってみろやあああぁ！」

僕はビクッとなって思わず足を止めてしまった。

第二体育館の中央ではバレー部とバスケ部のメンバーが互いに睨み合っていた。どちらも体格に優れた部員が多く、極めて威圧感がある。
傍らには横倒しにされたボールカゴがあり、中身があちらこちらに散らばっていた。
僕はまず彼らの髪の色と数を素早くチェックした。
バスケ部側は青×3、紫×2の計5人。
バレー部側は青×2、紫×2の計4人。
体育館を俯瞰（ふかん）したとすると次のような位置関係だった。

バスケ部

紫	青
青	青
	紫

バレー部

紫	
青	青
紫	

現時点ではかろうじて睨み合いに留まっているが、いつどちらが手を出してもおか

しくないほどの緊張感だった。

そして一度手が出ればパズライズ的に危険なのは目に見えている。一触即発の事態である。

「小競り合いの理由はッ？」

火ヶ坂先輩がキイに確認する。床に降ろされたキイはテキパキと答えた。

「コートの使用権を巡るトラブルです」

運動部にとって練習場所の確保というのはかなり重要な問題だ。クラスメイトや友人がよく愚痴っているのを放課後によく聞いたことがある。

しかしながら、どうしてこんなに色に偏りが生じているのだろう。偶然にしては出来過ぎている気がした。

僕はハッと火ヶ坂先輩を見る。彼女は僕の考えたことが以心伝心したかのように頷いた。

「ちょっと何者かによる作為を感じるね。または悪意ッ！」

隣で紫乃さんが冷静な分析をつぶやく。

「誰かが彼らを衝突させるように吹き込んだのかも。コートの使用は公平に管理されているから、普通はこんなことは起こりえないはず」

「ちなみにここでトリビアです。補足説明、豆知識です」

唐突にキイが説明を始めた。

「今、互いに一番前に出ていがみ合ってるのはどちらもバスケ部とバレー部の主将です。二人はクラスメイトでもあり、これまではずっと良き仲間でした。が、最近クラスのとある女子を巡って対立していたんです。要するにこれはコートの奪い合いであり、女子の取り合いでもあるのです。私情はさみまくりです。ちなみにバスケ部主将はミナモト、バレー部の方はミツダという名前のようです」

見ると彼女は話しながら滑らかにタブレットを操作していた。

「もしかして、そのタブレットに色んな生徒の情報が入ってるわけ？」

僕は気になって質問してみた。

途端にキイは「ひいっ！」と叫んで飛び上がった。

「な、なんですか。どうしてこの人は私に話しかけてくるんですか？　私は火ヶ坂センパイに話していただけなのに」

「……いや、気になったから訊いただけだったんだけど。ええと、その、ごめん」

いまいちキイとの接し方がわからない。

「すまない。遅れた！」

青藤さんが息を切らしながら到着した。彼は現場を見ると「うん」と頷いた。

「なかなか嫌味な感じに仕組まれてるっぽいな。うまく考えたものだよ。うん。ちょうど大人がいない時ってのがいやらしい」

言われてみるとこの場には部活を監督する教師や顧問の姿がなかった。他の部活の人たちはビビって遠巻きに眺めているだけで、誰も止めに入りそうな人がいない。

「さッ、どうしたものかな。強制的に介入するしかないかな、これは」

火ヶ坂先輩がジリッと足を前に出す。アンチパズル部のメンバーはそろったものの、他人が気楽に近づけるような雰囲気ではない。

その瞬間、コートの真ん中から怒号が上がった。

「やんのかコラァアァア！」

バスケ部の主将が怒りの形相で拳を振り上げた。幸いそのパンチは外れたけれど、これにより完全に火蓋が切られてしまった。

「やってやるよオラァァア！」

二人の主将がつかみ合いを始めた。二人はどちらも青の髪だったので、この時点で既に「青×2」のリーチ。しかも極めて近いところに青がさらに三人もいる。

「ヤバッ！」

火ヶ坂先輩が叫んで決然と走り出した。

一応、僕は彼女について行こうとしたが、反射的に無理だと思った。

なぜなら彼らとの距離はコート半分くらい空いており、とても一瞬で詰められるものではなかったからだ。

見ればバレー部とバスケ部の小競り合いは既に始まっており、誰も彼もがつかみ合いの殴り合いをしてしまっている。

いかに火ヶ坂先輩の運動神経が良くても、今から走って間に合うとは思えなかった。いや、そもそもそこに入っていけても、どうやって彼らを止めればいいというのか。

その時、僕は近くに転がっているバレーボールを発見した。

考えるよりも先に行動を、という火ヶ坂先輩の言葉が頭をよぎった。

確かに何もしないで後悔はしたくない。

その後の行動は脊髄反射のようなものだったのだと思う。

僕は拾い上げたボールを彼らに向けて全力で投げつけた。

ところが真っ直ぐ投げたつもりのボールはなぜかあさっての方向へ飛んでいき、体育館の壁にぶつかってバウントした。いかに疲れていたとはいえ、自分の運動能力のなさに絶望した。

しかしこの行動が結果的に場を一時的に静めることになった。喧嘩をしていた連中もポカンと手を止めていた。

「なるほど、その手があったかッ！」

静寂の中、叫んだのは火ヶ坂先輩だった。

「緑川、それをあたしにパスだッ！」

僕の足元にはまだ別のボールが転がっていた。

彼女がどういうつもりでボールを指さしているのか、理解していたわけではない。

でも考えている時間がないのはわかった。僕はとっさに動いてボールを素早く火ヶ坂先輩へ投げた。

火ヶ坂先輩はボールを吸い込むように両手でキャッチすると、その場でグルッと体を一回転させた。

次の瞬間、荒ぶるような速度のボールが放出された。

ボールは一瞬で喧嘩をしているバスケ&バレー部員たちの元へ飛来する。

「あ？　お、わあああああぁ⁉」

ボールにビビった彼らは慌ててつかみ合いをやめ、それぞれ反対側にジャンプした。

それはまるでハリウッド映画の爆発シーンさながらの飛び退き方だった。

ボールはバスケ部員たちからわずかに離れた床にぶつかって大きくバウンドした。

その威力が並々のものではないことはその高さが物語っていた。

「よしッ、狙い通り！　どうだい、あたしの華麗なるレーザービーム・シュート！」

火ヶ坂先輩が誇示するようにガッツポーズをする。いったい誰に対して力を誇っているのかわからないが、少なくとも僕のヘボいボールより凄いのは確かだった。

：　：

もっとも問題はこの後だった。

「……オイ。おまえら。今のはどういうつもりなんだ⁉」

バスケ部とバレー部の主将が物凄い形相でこちらを睨みつけていた。

彼らの怒りはもっともだ。ただでさえ喧嘩をして苛立っていたところに、いきなり無関係の第三者からボールを投げつけられたのだ。気分を害さないという方がおかしいだろう。

「に、逃げましょう！」

僕は火ヶ坂先輩に言った。

とりあえず彼らの消失の危機は去った。その代わり今度は僕らに危機が迫っている。

ところが火ヶ坂先輩は「逃げないッ！」と宣言した。

「ここで逃げたら彼らの怒りがまた互いの小競り合いに向くだけだ。だからここは彼らを徹底的に……削ぐ！」

「削ぐ⁉　……って何を？」

「やる気！　覇気！　怒気！　とにかくあらゆる気をッ！」

ちょっと何を言っているのかわからなかった。

何か不穏なものを感じ取ったのか、後方にいた紫乃さんが報告するように言った。

「ごめんなさい。わたしは危険なのでこの辺で」

するとと傍にいた青藤さんも便乗するように口を開いた。

「手伝いたいのは山々だけど、俺もこの場は危ないから一時的に撤退させてもらうよ。うん」

確かに青と紫の二人にとって、この場で乱闘になるのはパズライズ的に危ない。ただ、それを抜きにしてもこの場は普通に危なかった。

「あ、ちょっと待ってください。僕も一緒に……」

二人と一緒に逃げたかったけれど、火ヶ坂先輩にムンズと背中をつかまれてしまった。

ちなみにキイに至ってはとっくに姿を消した後だった。

憤怒の形相をしたバスケ&バレー部のメンバーを前にして、火ヶ坂先輩はポジティブに言った。

「さあ、手伝え緑川ッ！　ボールをバンバン拾ってこい！　手や足を出すのはマズイと思ってたけど、実は簡単な話だったんだ。あいつら全員にボールぶつけて気絶させりゃいいんだからさ！」

✦

一時間後、僕は部室で満身創痍になっていた。

メンタル的にも、フィジカル的にもボロボロで動けない。

部室には火ヶ坂先輩の他に紫乃さんもいて、僕のことを珍しい生き物でも見るような目を向けていた。

「……凄いね。火ヶ坂先輩のムチャクチャに最後まで付き合うんだから」

僕はうまく返事もできずにいたが、心の中では「まったくだよ」と同意していた。

紫乃さんはあきれているようだったが、その視線は少しだけ温かかった。

ちなみに今、第二体育館にはバレー部とバスケ部たちが床の上に累々と転がっている。誰一人として消えてはいない。

のびている理由は合同練習のしすぎ、ということになっている。

そのあたりは青藤さんが目撃者を含め、巧みに周りを説得してくれたおかげらしい。

おそらく彼がいなかったら今ごろ、アンチパズル部が暴行事件を起こしたなどと騒がれていたかもしれない。

なんだかんだで、アンチパズル部のチームワークによりパズライズの危機は解消されたのだった。

もっとも残念だったこともある。今回の騒動が例のパズライザーによるものかどうかまではわからなかったことだ。

偶然かもしれないし、悪意による必然かもしれない。

ただ、ずっと後から振り返ってみると、この時から犯人はもう僕らの極めて近いところにひそんでいたのだった。

3 CHAPTER

第3章

横井黄衣と文化祭前奏曲

NOVELiDOL

僕がアンチパズル部に入って半月ほどがたち、一週間後には文化祭が迫っていた。

ここしばらくはパズライズによる危険はほとんど起きていなかった。どうやら僕がアンチパズル部に入ったことで見回りの数が増え、犯人側もおいそれと動けなくなったらしい。おかげで最近は学校行事に集中することができている。

その日、クラスでの準備作業が長引いてしまった僕と紫乃さんは、部室に着くのがいつもより一時間近くも遅れてしまった。

「おぽっさむ!」

部室のドアを開けたら中から奇声が飛び出してきた。こんな声を出すのは他にいない。案の定、中にいたのは一年生のキイだった。余談だけど「おぽっさむ」とは動物の名前である。

「こんにちは。キイ」

紫乃さんは椅子に荷物を置きながらあいさつをした。するとキイは途端に明るい顔になった。

「紫乃センパイ。こんにちはです。今日もなにとぞよろしくです」

「えっと、僕も、その、こんにちは」

一方、僕も紫乃さんに倣ってあいさつを試みた。

キイは急にブルブルと微振動を始める。

「な、なんなんですか。どうして私は話しかけられているんですか。意味不明でわかりません。あっ、突然で特急の急用を思い出しました。紫乃センパイごめんなさい。部室よ、さらばです」

キイはそう言って掻き消えるように部室からいなくなってしまった。

もう何度も繰り返されていることなので驚きはしないが、それでも毎回人の顔を見て逃げられるのはあまりいい気分ではなかった。

僕はため息をつきながら紫乃さんに訊ねた。

「一体いつになれば僕はキイから信用してもらえるようになるんだろう?」

「大丈夫。卒業までにはなんとかなるよ」

それは一年以上かかると言っているのだろうか。

紫乃さんは最近よくこういう冗談か本気かつかないことを言ってくるようになった。少しは打ち解けてきたおかげだと思う。いや、そう思わないとやってられない。

そうこうしていたら火ヶ坂先輩がジュースを片手に部室に戻ってきた。

「あれッ、キイは？　さっきまでここにいたと思ったんだけど」

「緑川くんの顔を見たら逃げて行きました」

僕より先に紫乃さんが説明をする。いや、その通りなのだけど、まるで僕に非があるかのような言い方はやめてほしい。

「ふーん。まッ、仕方がないよね。あたしもいまだにキイが何を考えてるのかわかんないし。あ、そうだ。今日はこれからちょっと話し合いをしようと思っているんだ」

火ヶ坂先輩はそう言って自ら席に座った。僕と紫乃さんも椅子に腰を下ろす。少したってから青藤さんが「遅れたね。うん」と言ってやってきた。

「よしッ。それじゃあ始めようか。今日の議題はズバリ『文化祭での見回りをどうするか？』ってこと」

なんとなく予想していた議題だった。

時間に追われて深く考えてこなかったのだけど、文化祭には外から大勢の来場者がやってくる。それをどうやってパズライズから守るかということは、ゆくゆく考えていかなければと思っていた。

ちなみに文化祭の正式名称は「虹ノ丘高校文化祭」で、略称は『虹祭』。ニジサイではなく音読みでコウサイと呼ぶのが習わしだ。

「去年はどうやっていたんですか?」

「うん。去年の時点では消失事件はまだ起きていなかったんだ」

「べつに大丈夫だとわたしは思いますよ。体育祭じゃなくて文化祭ですから。運動するわけでもないわけですから」

「とにかくいつも以上に見回るしかないッ」

しばらくそれぞれ意見を出し合っていたところ、部室のドアがノックされた。

キイが戻ってきたのかと思ってドアを開けたら、立っていたのはメガネをかけた仏頂面の男子だった。

「ここがパズル部の部室で間違いないか?」

「はい。そうですけど。ええと、どなたですか?」

「……どなた、だと?」

メガネ男子は苛立たしげにメガネのフレームを押し上げた。

「このボクを知らないとは、キミたちはやはり怪しさに値するな。まさか我が校の生徒をかたったスパイではあるまいな?」

非常に慇懃無礼な口調だった。ちなみに髪の色は黄色。似合っているとは言いがたい。

対応に困っていると、紫乃さんが小声で「緑川くん。その人、生徒会長だから」と教えてくれた。

僕は改めて目の前のメガネ男子を見てみた。時おり集会などで壇上に立っているのを見たことがあったような気もする。

「でッ、そんなメガネカイチョーが何の用？」

火ヶ坂先輩がわざと気を抜いたような口調で訊ねる。

生徒会長は火ヶ坂先輩を睨みつけると、メガネを光らせながらぐるりと室内を見回した。

「正直に言いたまえ。キミたち、何かよからぬことを企ててはいないかい？」

「はあーッ？」

「このボクが理由もなくこんな場末の旧・文化部長屋まで足を運ぶと思っているのかい？　だとしたら実に心外だね。キミたちにはある疑いがかかっているんだ。これを見たまえ！」

生徒会長が見せてきたのは、スマホに表示された文化祭の特設サイトだった。

最初、それのどこがおかしいのか僕にはすぐにわからなかった。が、イベントスケジュールの欄を見て僕はハッと息を呑んだ。

★★★虹祭目玉イベント★★★
1日目（土）12：00〜　超巨大パズライズ・テロ
2日目（日）12：00〜　（同右）

僕の反応を目ざとく見ていた生徒会長はこれ見よがしに声を出した。

「ほうら、やっぱり思うところがあるんじゃないか。これはキミたちの仕業なんだろう⁉」

生徒会長は鬼の首を取ったように言ってくるが、僕らは身に覚えがなかった。

「どういうことだろう。うん。ちゃんと順を追って説明してもらえないかな」

青藤さんが落ち着いた口調で質問した。

生徒会長は「しらばっくれやがって」と言いたげな顔をしていたが、青藤さんが「頼むよ。うん」と接近したら、多少たじろぎながら答えてくれた。

それによると昨日未明、生徒会と文化祭実行委員により運営されているこのサイトが何者かにハッキングされ、突如このような文章が表示されるようになってしまったというのだ。

生徒会長は「パズライズ」という言葉の意味は理解できなかったが、「テロ」という言葉を問題視し、万が一に備えて見回りをしていたという。そんな時、僕ら「パズル部」の存在に思い至り、これは怪しいと乗り込んできたという次第だった。

ちなみにサイトは修正済みで、今からアクセスしても既にこの文章は閲覧できないという。

「まあ、悪ふざけが過ぎただけなんだろうとはこのボクも思っているんだけどね。文面も意味不明だし。とはいえインターネットのサイトというのは不特定多数の人が見るものだ。何より文化祭は一般客にも開かれたイベントなのだよ。今回は特別に注意だけに留めておいてあげるが、次にまた不審なことをしたらこのボクが許さないからね。生徒会長のこのボクが」

生徒会長は一方的に言うだけ言うと、反論も聞かずに部室から去っていった。

彼の姿が完全に見えなくなったのを確認して、僕らは話し合いを再開させた。

「……とばっちりでしたよね」

「うん。まったくその通りだね」

「ですが問題は……」

「これはひそんでいたパズライザーからの犯行声明だッ」

火ヶ坂先輩がみんなを代表するように言い切った。

「………………」

僕らは誰からともなく口をつぐんだ。

僕自身、決してそいつのことを忘れていたわけではない。

ただ最近は事件が鳴りをひそめ、自然と気にかけることが少なくなっていたのだ。

それがここにきて突然の犯行声明である。

しかも明確に日時と場所を指定してきている。今までのように判然としないやり方とはまったく異なっている。

本格的にパズライズを引き起こそうという強い意思が嫌でも感じられた。

僕はふと湧いた疑問を先輩たちに訊ねてみた。

「今さらかもしれませんが、ちょっと確認させてください。パズライズはうちの生徒でなくても、学校の敷地にいれば巻き込まれてしまうものなんですか？」

当たり前だけど他校の生徒は普段うちの学校の敷地内にはいない。だから今まではそういう心配をする必要はなかった。しかし来場者を受け入れる文化祭はその限りではないのである。

「……消える」

いつも微笑を絶やさない青藤さんが真顔で頷いた。

「かつて俺の友人が、部活でうちの学校に訪れた際、消えたことがあったんだ」

「…………」

状況を詳しく聞きたかったけれど、催促するのははばかられた。

さておき、これでは文化祭に来場する高校生以下はすべてパズライズの危険性があるということになる。

僕はパズルゲームの難易度が急に上昇し、ブロックやピースが大量に氾濫する状態を想像した。文化祭が催される二日間は、もはや普段の学校とは異なるフィールドと思っていた方がいいかもしれない。

「……それで、先輩たちはどうするつもりなんですか？」

もちろん僕だって迎え撃たなければならないとは思っている。犯人側がわざわざ「超巨大パズライズ」と言ってきているのだ。根も葉もない大言壮語とも思えない以上、何らかの対策を講じなければならないだろう。

いっそ文化祭を中止させてしまおうか、と僕は思った。

が、これは無理だとすぐに却下する。生徒会長に疑われたばかりなのだ。そんなことを言い出したらいよいよ僕らが犯人だと決めつけられかねない。

考えれば考えるほどに実に面倒な状況だ。

「……フフフフフ」

どこからともなく低い笑い声が聞こえてきた。誰かと思ったら意外にも火ヶ坂先輩だった。

「客観的には確かにピンチだね。ピンチ以外の何物でもないよ。生粋のピンチだ。でもさッ、これってチャンスでもあるんだよ。だってこれまでなかなか尻尾を出さなかった奴が、ついに痺れを切らして表へ出てくるってことでしょ？」

ビシッ、と火ヶ坂先輩は拳で空を裂いた。

「やってやるッ。受けて立つ。大歓迎だよ。パズライズ・テロ？　いいさ、来いさッ。あたしは文化祭を守り抜いてみせる。そして犯人を捕まえてこのふざけた現象に終止符を打ってやるんだ！」

火ヶ坂先輩の目は髪の色以上に真っ赤に燃えていた。

僕は彼女を見て突き動かされるものを感じた。

そうなのだ。犯人を捕まえない限りパズライズの危険は終わらない。これはチャンスなのだ。うまくいけば消失の連鎖を止めることができる。

「僕も受けて立ちます！」

僕は火ヶ坂先輩に続いて言った。

「では、わたしも」

「うん。もちろん俺もだ」

僕らは立ち上がって、火ヶ坂先輩が突き出した拳に互いの拳を打ち付けあった。

✦

志をともにした直後、僕は思い出して二人の先輩に訊ねた。

「あ、ところでキイはどうするんですか？」

「……あーッと」

「うーん」

火ヶ坂先輩と青藤さんの二人は困った顔で首をかしげてしまった。

さっきまでの覇気はどこへやら。部室は途端に悩ましげな空気になる。

「協力……いや、もちろんさせるッ……とは言いたいけど……するかなあ……？」

するとそこに紫乃さんが珍しく割って入ってきた。

「でも、実際問題としてキイがいないと対処し切れませんよね？」

「……そ、そうなんだけどねえ」

チラッ、と火ヶ坂先輩が僕の方を見る。

もしかしてキイが僕の顔を見る度に逃げ出してしまうことを懸念しているのだろう

か。

　火ヶ坂先輩はしばらくうなっていたが、やがて意を決したように僕を正面から見据えてきた。

「緑川ッ。パズライズ・テロを止めたいよね？」

「もちろんです」

「がんばってくれるよねッ？」

「そのつもりです」

「じゃあ、キイとも仲良くなってくれるよね？」

「え？」

　僕はポカンと口を開けた。

　いや、べつに仲良くしたくないわけではない。できることならそうしたい。

　でもそれはキイの方の問題であって、僕がどうこうすることではないのでは？

　そういう僕の気持ちとは無関係に、火ヶ坂先輩は続ける。

「どうしてもキイの全面的な協力を得たいんだッ」

「はあ」

　正直、僕にとってキイというのは好き勝手に歩き回っているアンチパズル部のマスコットくらいの印象でしかなかった。

ところが火ヶ坂先輩はいきなりスケールの大きいことを言い出した。

「実は前からこの学校を守っているのはキイと言っても過言じゃないんだッ」

✦

横井黄衣とは何なのか？

火ヶ坂先輩に「キイと仲良くなれ」と指令を出された後、僕は紫乃さんにキイについて知っていることを聞かせてもらった。

「わたしも完全に理解しているわけじゃないんだけど」

紫乃さんはそう前置きしてから語り出した。

「まずキイはああ見えてかなり頭がいいらしい。特にデジタル関係の知識は特に。彼女がいつも持ち歩いているタブレットあるでしょ？　あれには生徒の色々なデータが入っているんだって。髪の色はもちろん、血液型や、交友関係とかまで。火ヶ坂さんを規格外の運動体とするなら、キイはさしずめ規格外の頭脳体ってところかな」

「……へ、へえ」

なんだか聞いているだけでクラクラしてきた。

あのような人見知りで突飛な女の子が、そんなに特別なスキルを持っているとは想像もしていなかった。

いや、むしろ特別だからこそ変なのかもしれない。

キイにまつわる話はこれだけではなかった。

「でも火ヶ坂さんがキイの何を頼りにしているかというと、あれだね。大きな声では言えないけど、キイは学校のあちらこちらに監視カメラを設置していて、それをあのタブレットで見られるようにしているの。要するに個人で監視ネットワークを構築している」

「……………………」

人間、よくわからない話をされると思考が止まってしまうものらしい。僕は紫乃さんに三回くらい繰り返してもらった。

ちなみにいつぞや第二体育館で起きた運動部同士の小競り合いも、実はキイがこのシステムを使っていち早く危険を発見していたのだという。

「……ムチャクチャ凄い子だったんだ」

「そう。有り体に言うと天才というやつだから」

要するにキイが全面的に協力してくれれば、文化祭でも広い敷地内を効率よく監視することができるというのだった。まさにキイがいれば機械の力で百人力である。

逆にこの話を聞いてしまった以上、キイなしでは文化祭の見回りなんて到底できるものではないと思うようになってしまった。

「ありがとう。紫乃さん。僕、やってみるよ」

翌日の昼休み、僕はさっそくキイのいる一年D組の教室に向かった。

学年もクラスも異なる教室に乗り込むのは気が進まなかったけれど、背に腹は代えられない。

キイは窓際の席で足をブラブラさせながらタブレットをいじっていた。僕は近くを通りかかったD組の生徒に彼女を呼んできてもらうように頼んだ。

ところがキイは僕と目が合うや否や「ギョッ！」と大声で叫び、窓の外へ出てベランダ伝いにどこかへ逃げていってしまった。

まさに脱兎のごとき逃走だった。

その後、何度となく同じようなやりとりが続いた。

結果、僕は一年生から「キイ専属ストーカー」というあだ名で呼ばれるようになってしまった。

◆

「……ってか、どうすりゃいいんだよ！」

放課後、文化祭の準備中に僕は思わず叫んでしまった。

ちなみにうちのクラスでは教室でお化け屋敷をやることが決まっていて、僕はひたすら段ボールを黒く塗る仕事を任されていた。

どうやら人間、同じことを繰り返していると思わぬ独り言を口にしてしまうらしい。

「いきなり叫ぶんじゃねえ。ビビるじゃねえか」

一緒に同じ仕事をしていたヤマガクが文句を言ってきた。確かに驚かせたのは悪かったので「ごめん」と素直に謝った。

するとちょうどクラスメイトの春日井ヒナタさんが傍を通りかかった。うちのクラスのムードメーカー的存在であり、文化祭実行委員だ。ちなみに髪の色は明るい性格を表したかのような橙である。

「ごめんね、緑川くん。いつも同じ作業をしてもらっちゃって」

「あ、いや。全然だいじょ……」

僕が答えようとしたところ、なぜかヤマガクが会話に乱入してきた。

「まったくだぜ。単純労働にもほどがあるっての。もっと効率のいいやり方ってもんがあるだろう？　暗幕を買ってきて一気に貼り付けるとかさあ」

ヒナタさんは不平を言われたにもかかわらず、逆に明るく言葉を返していた。

「おー。さっすが山吹くん。聡い、聡いねー。ところがさ、だいたいどこも考えることは同じみたいで、近くの百円ショップじゃどれも軒並み暗幕が売り切れちゃったんだ。かといってホームセンターは学校からは遠いじゃない？　それにぶっちゃけ割り当てられた予算も少ないわけ。カッツカツなの、カッツカツ。ってなわけで仕事の量で補ってもらうしかないんだ。だからお願い。頼りにしてるから」

「おう、任せておけって」

「……ってことを緑川くんに話してるんだけど、どうして山吹くんが返事してるの？」

「話に乗ってるように見せかけといて、いきなり落とすんじゃねえよ！」

ヤマガクは「クッソー」と悪態をついている。まあ、笑いながらだけど。

教室の中で爆笑が巻き起こった。

「うん、わかった。がんばるよ」

僕も笑いながらヒナタさんに応じた。彼女は「よろしくー」と手を振りながらその場を離れていった。

実に健全なコミュニケーションの場だった。

文化祭の準備は忙しくて大変だけれど、ちゃんと相手とやりとりをして、何かを確実に成し遂げていく感覚が得られるのだ。

その点、アンチパズル部での文化祭対策はというと、なかなか難しいというか、手

: :

応えがないというか、正直しんどい。

しばらく作業を続けていたところ、教室に紫乃さんが戻ってきた。

パズライズ・テロから犯行声明が出たものの、文化祭以外は安全という保証もないので、校内の見回りは交代で行っていたのだった。

「そういえば中庭にキイがいたよ。仕事、変わる?」

紫乃さんが僕のところにやってきて情報提供をしてくれた。

キイは放課後になると教室から姿を消し、基本的に所在不明になるのだ。交渉したければまず彼女を見つけるところから始めなければならない。

「……………………」

本当はありがたい話のはずだった。

でも僕はすぐに返答できずにいた。

どうせ行ったところでまた同じかもしれない。

そう思ったらここで文化祭の準備に精を出している方が建設的な気がしたのだ。

紫乃さんは僕が黙っているのを見ると「ふうん。今日は行かないんだ」と言って背中を向けた。

立ち去り際、紫乃さんが小さな声でつぶやくのが聞こえた。

「ちょっとガッカリかも」

「え？」

「緑川くんって、もっとがんばる人かと思ってたから」

それだけ言うと紫乃さんはヒナタさんのところへ行って別の手伝いを始めてしまった。口裂け女の衣装製作を任されたようだった。

「緑川。手が止まってんぞ！」

ヤマガクに注意されて僕は我に返った。

「……あ、うん。ごめん」

色塗りを再開しながら、心の中が妙にざわついていた。

もしかして僕は紫乃さんに失望されたのだろうか？

✦

次の日、僕は改めてキイにコンタクトを取ることを決意した。

もちろんうまくいくかどうかはわからない。確率だけで考えればかなり低いだろう。

それでも再びがんばろうと思ったのは、昨日の紫乃さんの言葉が一晩たっても自分の中に引っかかっていたからだ。

見返してやりたい、というほどではないにしろ、言われたままにしておくのが嫌だったのだ。

放課後に入るとすぐに見回り中の火ヶ坂先輩から『キイを弓道場付近で目撃ッ』というメールをもらった。

僕は立ち上がり教室で小道具作りを手伝っている紫乃さんに声をかけた。

「ちょっとキイのところへ行ってくるよ」

紫乃さんはいつもよりわずかに目を見開いて瞬きをした。

「あきらめたんじゃなかったの？」

「いや、本当はあきらめかけたけど、やっぱりあとちょっとだけがんばろうかと思って」

「……ふうん」

紫乃さんはしばらく黙っていたが、不意に口元を緩めて言った。

「まあ、せいぜいがんばってね」

「うん。せいぜいがんばってみるよ」

僕が教室を出ていこうとするとヤマガクがドアの前をふさいできた。彼は最近特に文化祭の準備に熱心で、抜けようとする人間を全力で引き止めにくるのだ。

「緑川、おまえまさか逃げるつもりか？」

するとそれを制するように紫乃さんがヤマガクに声をかけた。

「山吹くん。悪いんだけどこっち手伝ってくれない？　男子の手が必要なの」

「おう、いいぜ！」

ヤマガクは頼まれると断れないタイプらしい。紫乃さんのサポートのおかげで僕はすんなりと教室を脱出することができた。

僕は昇降口から校舎を出ると、火ヶ坂先輩が教えてくれた弓道場の付近にやってきた。このあたりはアスファルトの中庭とは異なり、地面が芝生になっている。植木も多いため、キイの姿は簡単には見つけられそうになかった。

いっそ発見したらそのまま捕まえておいてくれれば楽なのにな、と思った。もっともそんなことをしたら余計に嫌われるだろうけど。

注意深く周りをうかがっていると、遊歩道沿いの木の一本がガサガサと音を立てた。訝しげに見上げたところ、僕は自分の目を疑った。

猫や鳥かと思っていたらそこにいたのは人間だった。

小学生ならいざ知らず、曲がりなりにも高校生であるキイが木に登っていたのだった。

キイはしばらく何か細工のようなものをしていたが、ここからでは何をしているのかはっきりとはわからなかった。

キイは作業を終えるとスルスルと幹を伝って下りてきた。

地面に下り立った彼女は一仕事終えてご機嫌なのか、ハミングをしながら制服の汚れをパタパタと払いのけている。

奇しくも後方にいる僕には気づいていない。

キイを捕まえるのには願ってもないタイミングだった。

しかしこんな奇妙な行動を取る人に本当に協力してもらっていいのだろうか？

もちろんパズライズ・テロの対策には不可欠な人材だとは思う。だけどそれ以上に面倒なことを起こしかねないのでは、という不安がよぎる。

そんな風に迷ってしまったのがいけなかった。

近くを文化祭準備の集団が通りかかった。その音を聞いてキイがおもむろに振り返る。目と目がバッチリと合ってしまった。

すぐに逃げられてしまうと思い、僕は追いかける体勢を整えようとした。

ところが今日のキイの様子は違った。

彼女はその場に留まったまま、メガネの奥からじっと僕を見つめていた。

それから彼女はさっき自分が登っていた木と僕のことを交互に見比べ始めた。どうやら何かを測っているように見える。

突然、キイが目をつり上げて、いきなり指をビシッと突きつけてきた。

「エロスはタナトス、メメント・モリです！」

キイはそう叫ぶや否や、いつものように走り去っていった。

逃げられるのは予想の範囲内だったけれど、その前のリアクションが気になった。

僕はその場でキイの行動を反芻してみた。

恥ずかしそうな、それでいて怒ったような顔をしていたこと。僕のいる場所と木の上を見比べていたこと。エロスはエロで、タナトスはたぶん死ね的な意味だろう。

不意にある推測にたどり着いた。

頭からサッと血の気が引く。

まさか僕はキイにノゾキと勘違いされてしまったのではないだろうか。要するに木に登っているところを下から見上げていた、というような。

「いやいやいや。見てないし。角度的にも無理だし。木の真下じゃないし。つーか完璧に冤罪だし！」

僕は思わず誰に言うともなく弁解していた。もっとも本当にそれを聞かせるべきキイは既にここにいない。

「……ちょ、ちょっと待ってくれよ。どうしてこんなことになってるんだよ」

僕は頭を抱えてその場にうずくまった。

キイに協力してもらうためにがんばっているのに、逆に彼女から嫌われるようなことをしてしまった。いや、実際にはしていないのだけど。

ふとキイがデジタルに強いということを思い出す。もし彼女がＳＮＳなどを通じてこのことを拡散したらどうなるか。

それこそ僕には死が待っている。社会的な死だ。

駄目だ。とにかく早くキイを見つけて誤解を解かないといけない。

僕は決心して立ち上がると、キイが走り去っていった方へ駈け出した。

キイは俊敏そうだけど、背が低くて歩幅は小さいから、まだそんなに遠くにいっていないはずだ。

そう思って敷地内の雑木林を走っていると、予想が当たって弓道場の裏でキイの姿を発見した。

僕は彼女の死角から足音を忍ばせて近寄った。

もはやパズライズ・テロから文化祭を守るため、という目的は二の次だ。まずは僕の尊厳を守らなければならない。

しかしキイの警戒心は並大抵のものではなかった。僕が小枝を踏んだわずかな音に反応して飛び跳ねると、こちらの姿を確認せずに走り出していた。

「ちょっと待ってくれよ！」

僕は追いかけながら声を張り上げた。

「待つわけないです。それよりも自分の罪の重さを考えろです。ギルティ！　グラビティ！」

キイはそう言いながらタブレットをこちらに向けた。

その途端、音と光のエフェクトがほとばしった。どうやら威嚇用のアプリらしい。

ちょっとした目眩まし程度のものだったが、走っている時だとかなり危なかった。

「ちょ、ちょっと、やめろって！」

「やめるのはそちらからです。まず隗より始めよです！」

「だから違うんだってば！」

「何が違うというんですか！　そちらがしたことは下衆の極みです。真実は一つ！　私が気づいていないことをいいことに、忍び寄って悪行に身を染めたのです。私はこれを許すことができますか？　いいえ、絶対に許すまじです！」

話せば話すほどこじれていく。なんというディスコミュニケーションだ。

では潔く黙ればいいかというと、そんなこともない。押しても駄目、引いても駄目の八方ふさがりだ。

と、その時だった。

「ふぁっ⁉」

キイの体が数十センチほど浮いた。

見れば地面に足を引っ掛けて、今まさにダイブするように転びかけているところだった。

後ろから彼女を追っていた僕は、その様子をまるでスローモーションのように眺めていた。助けてあげられないのは心苦しいが、なにぶん距離が開きすぎている。

それと同時に、僕は宙に浮いているもう一つの物体に気がついた。

長方形の黒い物体。

まるでモノリスのように飛んでいるのはキイのタブレットだった。そしてそれは放物線を描くようにして、ちょうど僕の進行方向と重なるように落下してきていた。

僕は両手をタブレットへ伸ばす。

わずかに距離が足りないので、僕はとっさに地面を蹴った。

一秒間を千切りにしたようなギリギリさで、タブレットをキャッチする。

その姿勢のまま、僕は地面に腹這いに倒れ込んだ。

「……っぶねー！」

僕は止めていた息と一緒に声を出した。しばらく喉元で心臓がバクバクいっていた。

手の中のタブレットを見る。素人目で見た限りは、幸いどこも壊れていないようだった。

僕は立ち上がってキイのところへ歩み寄った。

彼女は水泳のけ、の、び、のような体勢で地面にうつ伏せになっている。

「大丈夫？」

「…………」

「保健室、行く？」

僕はもう一度キイに呼びかけた。

するとキイは顔を地面につけたまま小さく頭を揺すった。

「……いいえ、保健室は嫌いです。薬品の匂いが臭いです」

とりあえず普通に話せるようで安心した。

キイはしばらく動かなかったけれど、数分ほどするとムクリと起き上がった。転んで痛かったのか、少し涙目になっている。

傍に座っていた僕を見ると、露骨に「うぇっ」と言わんばかりの顔をした。というか実際に口に出していた。

不意にキイはハッと目を剥いて、キョロキョロと周囲を見回し始めた。地面を手でバシバシと叩いて何かを探している。

「もしかして、これ？」

僕はキイにタブレットを差し出した。

キイはしばらく僕を疑わしげに見つめていたが、急に手を伸ばしてタブレットを奪い取っていった。

「君が転んだ時、宙に投げ出されたのをどうにかキャッチしたんだ。地面には落ちてないから、たぶん壊れてはいないと思う」

転んでいる隙に取ったと思われたくないので、念のために説明しておいた。

キイはタブレットの表裏を交互に確認したり、天地を逆さにしたりと、念入りに状態をチェックしていた。裏側に貼ってあるうさぎのシールも確かめている。やがて問題がなかったのか、「ふう」と安堵のため息をつく。

僕はいい機会なのでさっきの誤解を説明することにした。

「ところで君が木に登っていた時のことなんだけど、僕は何も見てないから。というか、けっこう離れていたから、その、なんていうか、いかがわしいようなことは何もしていない。本当なんだ」

「…………」

キイは僕の話を聞いても黙り込んでいた。

ここまで言って信用されないのであれば、もう仕方がない。そう半ばあきらめかけた時だった。

「……わかりました。信じます」

小さな声でキイがつぶやいた。不承不承といった感じだったが、確かに頷いていた。

「タブレットも助けてもらいました。話しぶりから嘘とも思えません。信用します。

そちらは何も見ませんでした。私も何も見せませんでした。事実はこれだけです。それ以下でも以上でも、未満でもありません。そういうことですよね？」

キイは自分にそう言い聞かせているかのようだった。

「うん。そうだね」

僕は力強く頷いておく。だって実際に何も見ていないのだから。

「ところでもう一つ聞いてほしいことがあるんだ」

僕はここぞとばかりに本題を切り出した。この流れなら話を聞いてもらえる、と思ったのだ。

「文化祭に一緒にパズライズ・テロを……」

が、キイは言葉の途中で小刻みに震え出していた。マズイ、と思った時にはもう遅かった。

「もう辛抱できません。助けてもらったのは感謝です。だがしかしです。そう簡単に人見知りは治るものですか。いいえ、耐え難きを耐えられません。もちろん忍び難きも忍べません」

キイはそう言い残していつものように走り去っていった。

僕はその場にポツンと取り残される。

結局、状況は振り出しに戻ってしまった。リ・スタートである。

✦

やれやれ、とため息をつきながら校舎に戻ろうとしたら、駐輪場の側に青藤さんの姿があった。

青藤さんは一年生の女子たちと正門に設置するアーチ制作をしているところだった。

彼女たちが一年生とわかるのは、アーチ制作は一年生が行うものと決まっているからだ。去年、僕も参加した覚えがある。

たぶん三年生の青藤さんは手伝いのはずだ。にもかかわらず彼はかなり熱心に協力しているようだった。

アーチは一般入場する客にとっては最初に目にする展示物であり、言わば文化祭の第一印象に相当するものだ。やるからには手を抜かずにやろうというのだろう。

しかしながらよく観察していると、青藤さんが力を注いでいるのは仕事よりも一年生女子とのコミュニケーションのようだった。

甘い笑顔で「貸してごらん？」と言って自ら右手で工具を振るい、それから女子たちに手取り足取りやり方を指導している。

見ているとやたらと接触が多い。イケメンである利点を存分に活かしているようだった。

僕は離れたところからそれを眺めていたのだけど、ふと顔を上げた青藤さんと目が合ってしまった。彼は珍しくビクッとして、すぐに彼女たちから身を離した。

べつにプライベートに口を出す気はまったくない。とはいえ青藤さんも少し気まずかったと見えて、バツの悪そうな顔でこちらにやってきた。

「やあ。キイはうまく捕まえられたかな？」

「正直、予想以上に苦戦させられています」

「そうか。うん。すまないね。苦労をかけさせてしまって」

「青藤さんの方から説得してもらうことって無理なんでしょうか？　僕のことは気にせずに部室に来るように、って」

ハハハッ、と青藤さんは苦笑した。

「俺はキイちゃんには好かれてるわけじゃないからね。むしろ嫌がられてるんじゃないかな。うん。何しろこんな性格だからね。顔を合わせても逃げられないのは、単純に存在に慣れただけってことだと思うよ。きっと空気みたいなものだね」

時間制限さえなければ僕もそれで構わない。

ただ今回ばかりは急を要するのだ。文化祭の当日まではもう数日しかないのだから。

青藤さんと別れて校舎に入ると、昇降口を上がってすぐの廊下で紫乃さんと鉢合わせた。

資材用の段ボールをもらいに用務員室に行くとのことだったので、僕も一緒に付き合うことにした。

紫乃さんは僕の得も言われぬ表情からすぐに状況を読み取ったらしく、キイとの進捗については訊ねてこなかった。

その心遣いが嬉しくもあり、辛くもあった。

本当にどうしたらいいのだろうか。

そろそろ素直に無理だとギブアップした方がいいのかもしれない。

「緑川くん。前見て、前」

不意に紫乃さんに呼ばれて僕は顔を上げた。どうやら何度も声をかけられていたようだった。

「ごめん。何？」

「あれってキイじゃない？」

紫乃さんの指さした廊下の先には確かにキイの姿があった。が、様子がおかしい。

彼女は誰かと言い争っているようだ。よく見ると相手は生徒会長だった。

急いで近づくと二人のやりとりが聞こえてきた。

「やめてください！　触らないでください！　近づかないでください！　どこかに行

ってください、今すぐに！」

キイは全身全霊で生徒会長を拒絶していた。

一方、生徒会長もかなり冷静さを失っているようだった。

「な、なんという言い草なのだね、キミは。不審な行動をしているから呼び止めただけだというのに。こ、このボクを生徒会長と知った上での態度なのかね？」

二人のやりとりから、なんとなく状況を察することができた。

文化祭の準備にピリピリしている生徒会長と、突飛な行動のキイである。

不憫ではあるが、なるべくしてなった惨状のように感じた。

急にキイが甲高い悲鳴を上げた。

生徒会長がキイのタブレットに手をかけていた。

「怪しい。極めて怪しいぞ、キミは。ただでさえ不審なサイトの改ざんがあったというのに……。いや、もしやキミか？　キミなのか？　ぼ、没収だ！　このタブレットは生徒会長たるボクの権限で没収させてもらうぞ！」

キイは両手でタブレットをつかんで必死に足を踏ん張っている。

人一倍人見知りの上に、いつも大切にしているタブレットが奪われそうになっている。しかも生徒会長はキイと同じ黄色の髪だ。色んなストレスが一度にキイを襲っている。

「……うっ、うっ、うわぁあああああん！」

とうとうキイは泣き出してしまった。大粒の涙をボロボロと床にこぼしていく。

これは流石に同じ部員として放ってはおけない。

「ちょっと助けてくる！」

僕は紫乃さんにそう言うと、キイと生徒会長の間に無理やり割って入った。

「会長、やめてください。落ち着いてください！」

僕は生徒会長に訴えかけたが、彼は彼で躍起になっているのか手を離そうとしない。

一方、キイは顔をぐしゃぐしゃにしながら「えぐっえぐっ」と嗚咽を漏らしていた。

「なんだ、なんだ？」

文化祭の準備で校舎に残っている生徒が多かったせいだろう。騒ぎを聞きつけた人たちが廊下に集まり始めた。

「大したことありませんから！　見るに値しないことですから！」

紫乃さんが慌てて人払いをしている。人が密集すると偶然にパズライズが起きてしまうことがあるのだ。早く事態を収集しなければならなかった。

意を決した僕は生徒会長の体を肩で強く突き飛ばした。

彼は床に尻もちをついて倒れた。

周囲の人々がどよめき、視線が僕に集中する。

もちろんパズライズの事情は普通の人には理解してもらえない。

何かもっともらしい言い訳を用意しないといけない。

そう思ったところ、不意に頭に浮かんだのは青藤さんのマネだった。

「——僕の大事な後輩に手を出さないでくれないかな」

✦

翌日、僕は朝からちょっとした時の人だった。

駅ではヤマガクに「よお、後輩想いの先輩！」とからかわれたし、教室に入るとヒナタさんから「緑川くん、男前だね！」と喝采された。

悪目立ちしたくない僕にとってあまり望ましくない状況だったけれど、少なくとも「いきなり切れる危険な奴」と思われずに済んだのは幸いだった。

放課後、部室へ行く途中には紫乃さんから「昨日は格好良かったよ」と言われた。

最初は冗談か皮肉かわからなかったけれど、彼女は真顔のままだったので、たぶん普通に褒めてくれたのだろう。

とはいえ問題はキイのことである。

結局、昨日は荒れた場を収めただけで、肝心の説得は一ミリも進まなかった。

ぐるぐるした気持ちのまま部室のドアを開けた。

「こんにちはです！」

中からキイのハキハキとしたあいさつが飛んできた。

部室にはキイの他に、火ヶ坂先輩と青藤さんの姿もあった。

僕は後ろを振り返った。たぶん背後の紫乃さんに話しかけたのだと思った。

ところがキイの視線は紫乃さんではなく、なぜか僕に向けられているようだった。

紫乃さんに「ちゃんとあいさつを返してあげて」とたしなめられた。

「あ、うん。こんにちは」

「緑川センパイ！」

キイは深々としごく丁寧なお辞儀をしてきた。

「え、何？」

こう言ってはなんだけど、小動物のよく仕込まれた芸を見ているような気持ちだった。それほどまでにキイがまともな行動をすることに驚かされた。

キイは粛々と続ける。

「昨日は生徒会長の魔の手から助けてもらって本当にありがとうございます。昨日のうちにお礼が言えなくて失礼しました。いいえ、むしろそれ以前からすいません。生意気で一人よがりで身勝手でした。今日から私、横井黄衣は心を入れ替えたいと思います。真性・横井黄衣になります」

「あ、いや、どういたしまして」

にわかには信じきれなかったが、どうやら本当に感謝されているらしい。

「緑川ッ、凄いじゃん。本当にキイの人見知りを克服させちゃうなんてさ」

「やっぱりね。うん。縁くんはやると信じていたよ」

火ヶ坂先輩と青藤さんがそれぞれ祝福してくれた。紫乃さんは何も言わなかったが、静かに微笑んでいた。

いまいち実感の湧かない僕は、念のためキイに確かめるように訊ねた。

「ええと、それじゃあ、文化祭の防衛に協力してくれるってこと？」

「当然です。全力です。みんなでパズライズ・テロを殲滅(せんめつ)です！　完膚なきまでに完封してやりましょう！」

◆

こうして文化祭の開始三日前にしてアンチパズル部の態勢は整った。

もちろんキイの協力を得たからといって安心というわけではない。

僕らは可能な限り当日のスケジュールやイベントの把握に努め、当日の対策について話し合った。

ちなみにキイは元からパズライズ・テロの対策を一人で進めていたらしく、カメラの台数をここ数日、秘密裏に増やしていたとのことだった。僕が目撃した木に登っていた場面も、どうやらただの奇行ではなかったようだ。

「こうなったらとことん防衛線を強化しよう。できることは何でもするんだッ」

火ヶ坂先輩の提案により、残りの三日間は監視カメラの追加に費やすことになった。渡り廊下や正門前、昇降口など、校内外で人の流れを把握できそうなところには可能な限りカメラを増やしていった。

第三者に見つかりにくい位置にカメラを設置するというのは地味に骨が折れたし、生徒会長に目をつけられないように行動していくのも大変だった。

加えてクラスの準備も並行させないといけないのもしんどかった。

正直なところ、前日ギリギリまでかなり忙しかった。

とはいえ、この時が僕らアンチパズル部にとって一番幸せな時だったのかもしれない。

4 CHAPTER

第４章

文化祭一日目

虹祭の当日がやってきた。

晴れた空には開催を知らせる花火と色とりどりのバルーンが上がっている。

正門にはきらびやかにデコレーションされた入場アーチが来場客を歓迎している。

校舎の中では教室ごとに企画が行われ、外では模擬店や仮装ショーが開かれている。

まだ開会したばかりだというのに、早くも父兄や親子連れ、他校の生徒などがひしめいていた。

「いよいよ始まってしまったね。決戦の日がッ」

僕が部室の窓から校庭を眺めていると、後ろで火ヶ坂先輩がストレッチをしながら言った。

「そうですね。始まって……しまいましたね」

部室には火ヶ坂先輩だけでなく、アンチパズル部の全員が待機している。

ちなみに僕と紫乃さんは今日はクラスのお化け屋敷には一切タッチしないつもりだ。

当日手伝えないことは既に実行委員のヒナタさんに伝えておいた。

「監視カメラの方は順調？」

火ヶ坂先輩がキイに訊ねる。

「完璧です。パースペクティブもパーフェクトです」

キイが自信満々に頷く。正確な意味はわからないが、たぶんカメラの映りはバッチリということだろう。

彼女のタブレットには現在、学校のあちらこちらに設置したカメラからリアルタイムで映像が送られてきている。

「注目ッ！」

火ヶ坂先輩が気合のこもった声で叫んだ。

「パズライズ・テロは今日と明日にわたって犯行予告をしてきた。だけどおあいにく様ッ。奴らに明日なんかない！　今日で全員ぶっ潰すんだ！」

火ヶ坂先輩の一言で、僕らアンチパズル部にとって長い文化祭の幕が上がった。

◆

パズライズ・テロが犯行予告として指定したのは十二時ジャスト。あと一時間ある。

もっとも律儀にそれを信頼する理由はない。僕らは司令塔となる部室にキイを置き、あとはみんなで学校中に散らばることにした。

ちなみに互いの連絡は通常の電話では行わない。通話が一対一になってしまうと、緊急時に話し中になってしまう可能性があるからだ。

そこで用意されたのがキイにより作成されたボイスチャット用アプリ「スカイン」だった。

このアプリを各自のスマホに入れたことで、僕らはいつでも一度に全員と連絡が取れるようになった。要するにアンチパズル部専用の、音声でのチャットルームである。

僕は文化祭の雰囲気や配置を覚えるため、まず一人で校内を回ることにした。

もちろんパズライズ・テロと思われる不審人物がいたら速攻で行動するつもりでいる。

ロータリー付近を歩いていると、後ろから紫乃さんが追いついてきた。

「ちょっと待って。一緒に行くから」

「でもバラけた方が広く見回りができるんじゃないかな？」

「わたし一人だと、仮に犯人を見つけてもつかまえるところまではできないと思ったから」

なるほど。確かに火ヶ坂先輩と違って、人並みな女子である紫乃さんでは一人での対応が難しそうだ。

納得した僕は紫乃さんと行動することにして、第一体育館から模擬店にかけての道を進んだ。

タイムスケジュールによれば第一体育館が二日間合わせて最もイベントが多い会場のはずだった。コピーバンドのライブや演劇部による発表など、常に何かが催されている。

それにしても周りは実に楽しそうだった。来場者もそうだが、何よりうちの生徒が一番はしゃいでいる。ハロウィンの仮装やコスプレをしている人もかなり見受けられた。

模擬店の並んでいるエリアに通りかかると、一年生の時に同じクラスだったクドウが呼び込みをやっていた。僕を見かけると朗らかに声をかけてきた。

「おっおーい。緑川。おまえ、いつの間に彼女なんか作ったんだ？　うちのたこ焼き買っていけよ！　熱々だぜ？」

ブッ、と鼻の奥で変な声が出た。パズライズ・テロに対して気を張っていただけに、無防備な方向からの奇襲を受けたような気持ちだった。

「ば、馬鹿。違うっての！　紫乃さん、行こう」

僕はクドウをたしなめ、足早にその模擬店の前から離れた。

「なんで逃げるの？　あと、歩くの速いよ」

紫乃さんが小走りに追いかけてきた。

僕は立ち止まって紫乃さんに謝る。

「あいつ馬鹿でさ。不快にさせてごめん」

紫乃さんは真顔のまま首をかしげた。

「ん？　どうして緑川くんが謝ってるの？」

「え、どうしてって、そりゃあ……」

「べつに不快な気持ちにはなっていないよ。わたし、緑川くんのことわりと好きだし」

紫乃さんはサラッと言った。その言葉があまりになめらかだったので、僕はてっきり別の話をしているのかと思ってしまった。例えばたこ焼きの好みについて、とか。

しばらく黙っていたら紫乃さんがハッとした顔で謝ってきた。

「あ、ごめん。なんかこっちが気を遣わせるようなことを言っちゃったみたいで」

「い、いや。そっちこそ謝らなくていいんだよ。ただ、まさかこんな時にそういうことを言われるとは予想してなかったから」

「そうか。確かにこんな時だね」

紫乃さんは今気がついたとばかりに言った。

「……でも、こんな時だからこそ、伝えておきたかったの。もしかしたら今日、誰かが消えてしまう可能性だってないわけじゃないから」

あまり考えないようにしていたけれど、確かにその可能性は十分にある。

僕も、紫乃さんも、あるいは他のアンチパズル部のメンバーだって。

そう考えると確かに彼女の発言は唐突なものではないような気がしてきた。

「でも、どうして僕なんかを？」

僕は正直な疑問を紫乃さんにぶつけた。

卑下しているわけではないけれど、僕には魅力というものが足りない。

火ヶ坂先輩のように高い身体能力もないし、キイのような特殊なスキルもなければ、青藤さんのように仲裁がうまいわけでもない。あとイケメンでもない。

紫乃さんは少し考える素振りをしてから言った。

「がんばってる、からかな」

「がんばってる？」

よくわからなくてオウム返しにすると、紫乃さんは静かに頷いた。

「わたしはこれまでがんばっていなかったから。基本、ダメ人間だったからね」

「え、どうして？　そんなことないじゃないか」

「ううん。わたしは全然なんだ。基本的に物事を他人事としてしか見られないというか、何かに関わるってことが苦手なの。最初からやれるってわかってることならいいんだけど、できるかどうかわからないことはしたくない。だから面倒事にはできるだけ関わらないようにしてきたの」

でも、と紫乃さんは続ける。

「そんな時、緑川くんがアンチパズル部に入ってきて、驚かされたんだ。それ無理でしょ、っていうことでも続けちゃうし、あきらめればいいのに、ってことでも執拗にがんばるじゃない。体育館での小競り合いとか、キイとのこととか。緑川くんを見ていると自分もがんばれそうな気がしてくるの。ううん。がんばんなきゃ、って焦ってくるんだ」

「いや、そんな大したことしてるわけではないよ。ただ単にあきらめが悪いだけなんだと思う。というか、あきらめるタイミングがわからないだけなのかも」

「たとえそうだとしても、緑川くんはやっぱりがんばってるよ。だからね、今日はわたしもがんばるから。なんていうか、そういうことを言いたかったの」

いつの間にか気まずさや驚きはなくなっていた。

:　:

僕が自分でも知らないうちに紫乃さんに影響を与えていたことは素直に嬉しかったし、誇らしくもあった。

ただ、今はそのことをうまく言葉で紫乃さんに伝えることができなかった。

そこで僕は代わりに模擬店に戻ってたこ焼きを一パック買ってきた。

「がんばるには体力が必要だからね。エネルギーを確保しておかないと」

「なるほど。エネルギーか。ありがとう。摂取しておくね」

紫乃さんは生真面目な顔でたこ焼きを半分食べた。

僕はその横顔を見ながら、パズライズ・テロの件が終わったらちゃんとした返事をしようと心に決めた。

◆

それから学校を一回りしてみたものの、これといって怪しい動きは見受けられなかった。

十二時まであと十五分ほどだった。

理想は先にパズライズ・テロを見つけて先制攻撃を見舞ってやることだった。実際にはそこまで都合良くはいかなかったようだけれど。

「緑川くん。とりあえずいったん部室に戻らない？　たぶんここって敷地の南寄りの方だと思うから」

僕は紫乃さんの意見に同意して引き返すことにした。

「……あれ？」

増えてきた通行人に混じって、一人の女子生徒とすれ違った。

うちの高校とは異なる制服だった。言うまでもなく他校生だ。極めて目を惹くルックスをしており、僕以外にも思わず振り返っている人が何人もいた。

もっとも僕が意識を奪われたのはそんな理由からではなかった。

「緑川くん？」

紫乃さんに話しかけられたが、僕は返事をすることができなかった。まるで初めてパズライズの消失を見た時のように全身が緊張していた。

それというのも、その女子は消えたはずの上級生、桃李アンナにそっくりだったからだ。

アイドルのような凛々しい顔立ちは忘れようがない。ただし髪の色だけは違った。

かつての彼女は明るい桃色だったが、今は鮮烈な赤色だった。

彼女は僕とは逆方向へ離れていくように進んでいった。

僕は弾かれたように彼女のあとを追った。

「どうしたの？　もしかしてパズライズ・テロ？」

僕は紫乃さんよりも桃李アンナに酷似した女子を追いかけることを優先した。

とはいえ既にけっこう距離があいてしまっている。

後ろ姿はまだ見失っていなかったが、通行人が前後左右から来るため思うように差を縮められない。

タイミングが悪いことに、ちょうど間を仮装行列が通りかかってしまった。お面やフェイスペイントなどを施した十数人の集団がゾロゾロと通過する。

どうにかすり抜けようとしたが、追いついてきた紫乃さんに「危ない！」と背中をつかまれて引き止められた。行列の中に緑色の髪が何人か混じっていたのだった。

「……見失った」

僕は茫然とつぶやいた。

「……で、誰だったの？」

紫乃さんは心なしか鋭い目をして言った。

「僕が最初にパズライズを認識できるようになった日、中庭で消えたうちの一人なんだ」

「え、消えたはずの人がいたの？　他人の空似じゃなくて？」

「もちろんその可能性はあるとは思う。けど、似てるを通り越して、本人そのものにしか見えなかったんだ。ただ、髪の色は違ってはいたけど」

「髪の色が違うってことはやっぱり別人だったんじゃない？　途中で色が変わるなんてケースをわたしは知らないし、先輩たちも一度もそんなことは言ったことがないから」

僕はその場で考え込んだ。先輩たちが言うからにはそうなのだろう。でも、果たして絶対と言い切れることなのだろうか。

「ねえ、もしもなんだけど、消えた人でも再びこの世界に戻ってくるっていう可能性は……」

頭によぎった仮説を僕は最後まで話すことはできなかった。

突然、ボイスチャット用アプリ「スカイン」の呼び出し音が鳴った。既に時刻は犯行予告の十二時を経過していた。

スマホを耳に当てるとキイの真剣な声が響いた。

『パズライズ・テロ、現れました！』

✦

「どこに⁉」

僕がキイに向けて訊ねると、隣で紫乃さんもアプリを起動させてスマホを耳に当てた。これで会話は共有される。

司令塔となる部室からキイは言った。

『グラウンドの特設ステージ付近です。群衆の中に怪しい輩が紛れ込んでいるんです！』

体に戦慄が走った。まさかもう犠牲者が出たのか、と恐怖が頭をよぎった。

幸いなことにまだ消された人はいないという。ただキイによると行動が限りなく怪しく、パズライズを今にも起こしかねない状態だという。

「紫乃さん、行こう！」

桃李アンナに似ている人も気になるけれど、今はまずパズライズ・テロの実行犯を捕まえるのが先決だ。

僕は紫乃さんとグラウンドに向かって走り出した。

普段の学校であれば、今いる場所からグラウンドまでは三分とかからない。だけど文化祭による人出は予想以上で、なかなか望んだように前進することができなかった。

僕は人々の間をすり抜けながらキイに訊ねる。

「パズライズ・テロの容疑者はどんな奴？　できれば格好や特徴を詳しく言ってほしいんだ」

まだパズライズを起こしていないうちから発見できたということは、それ相応の特徴があるはずだ。

ところがキイからはシンプルだけど意味のわからない言葉が返ってきた。

『クマです』

「は？」

『だからクマです。ベアーです。キムンカムイです』

「え、それは……どういうことだよ⁉」

思わず質問する口調がきつくなってしまった。通話先でキイがテンパったのがわかった。

『そ、そんなのわかりませんよ！　ヒグマか、ツキノワグマか、それともマレーグマかなんて、キグルミを見ただけで判別できますか？　いいえ、私はできません。緑川センパイはわかるんですか？　そんなにクマが好きなんですか？』

「ご、ごめん。確かに僕も詳しくない。っていうか、キグルミなんだね」

僕はキイをなだめるように言った。焦ってはいけないし、焦らせてもいけない。

「キイ。どうしてそのクマがパズライズ・テロの容疑者だってわかったの？」

僕の代わりに紫乃さんが落ち着いた口調で訊ねる。

『私は朝からずっと監視カメラを見てたんです。その結果、所属不明のキグルミが会場に混じっていることがわかったんです』

「所属不明？」

『キグルミを使う場合、実行委員にあらかじめ申請をしておくことが義務付けられているんです。でもクマのキグルミだけは、どこのクラスも部活も申請していませんでした。外部から着て入場することも禁止されています。つまりクマのキグルミは明らかにイリーガルな存在なんです！』

ザッ、という電波の混じる音がして、アプリの会話に青藤さんが入ってきた。

『それなら生徒会か実行委員に協力してもらえばいいんじゃないかな。うん。そういう理由でなら彼らを動かすことも可能なはずだ』

仲裁のうまい青藤さんならではの提案だったが、火ヶ坂先輩によって否定された。

『一般人を犯人に関わらせるのは危険だッ。あたしたちと違って危険を察することもできないんだ』

『そうか。言われてみればそうだね。うん。迂闊（うかつ）ですまない』

みんなと情報交換をしたところ、僕と紫乃さんが現時点で容疑者に近い位置にいることがわかった。

「わかりました。先行します」

ちょうど人混みの切れ目にさしかかり、グラウンドに設置されたステージが見えてきた。周りにはイベント待ちのギャラリーが集まっている。

『あっ、クマが動き出しました。息をひそめて獲物を狙っているかのような動きです。これは危険な熊嵐の予感です！』

キイが叫んだのと、僕らがクマのキグルミを視界に捉えたのはほぼ同時だった。

茶色の少しうすら汚れたクマで、蝶ネクタイが場違いな愛嬌を醸し出している。

キグルミを被れば顔を隠すことができる。最初、犯人はうまいことを考えたものだと思った。でも今はそれが目印となっている。

クマはギャラリーの中をゆっくりと移動をしていた。その数メートル先には、黄色の髪が数人ほど集まっている一帯があった。

「また後でっ！」

僕はアプリを終了させて走る速度を上げた。紫乃さんよりも先に向かう。

途中、何人かの通行人とぶつかった。だけど極端なことを言えば、同じ緑色の二人と同時にぶつかりさえしなければ問題はない。僕はそこだけ注意して、懸命に人の波を掻き分けて進んだ。

クマはやはり黄色のグループを狙っていたようで、彼らの近くに来ると両腕を大きく広げた。

ここでドミノ倒しを起こされれば「黄×3」、場合によっては「黄×4」の消失が起こるだろう。

キイの予想は正しかった。やはりこいつがパズライズ・テロの実行犯に違いない。

「させるか！」

間一髪で追いついた僕は、クマのキグルミに横からタックルを試みた。

クマは意外と俊敏で、後ろに下がって僕の攻撃を避けた。

僕は思わずバランスを崩してタタラを踏む。

そこにクマの攻撃が飛んできた。下からすくい上げるようなアッパーカット。まるで川の中のサーモンを捕るようなクマらしい攻撃だった。

「うぐっ！」

僕は背中から地面に倒れ込んだ。口の中を少し切ってしまったが、ダメージはそれほどでもなかった。

たぶんキグルミの手が厚いせいだろう。素手のパンチと比べたら遥かに軽傷だ。

「え、なに？」

「殴り合いしてないか？」

「ゲリライベントじゃねえの？」

周りにいる人たちがざわめき出したが、大半は余興と思っているようだった。

下手に暴力事件扱いされてしまうと困るので、これは僕らにとっては都合がいい状態だった。

「緑川くん！」

遅れて紫乃さんが追い付いてきた。

紫乃さんは腕力に劣るかもしれないが、近くに仲間がいるのは心強かった。

僕は立ち上がって再び飛びかかるタイミングをうかがった。

クマとしばしの睨み合いになる。

キグルミの目が虚ろで怖かったが、ここで臆するわけにはいかない。

僕は足に力を込め、ワン、ツー、スリーで飛び出そうと心に決めた。

が、ちょうどスリーカウント目で横から呑気な声がかかった。

「よお。緑川じゃん。こんなところでなにやってんだ？」

人混みの中からひょっこり現れたのはクラスメイトのヤマガクだった。

「ちょ、こっち来るなって！」

僕が気を取られた瞬間をクマは見逃さなかった。

クマはとっさにヤマガクの腕をつかむと、彼の体を振り回すようにして僕の方へと放り出してきた。

「おわあああぁ？」

「ヤマガ――グッ⁉」

僕はヤマガクの体に巻き込まれて後方へ倒れ込んだ。

幸い二人だけだったし、髪の色が異なるので消失の危険性は一切なかった。

しかしこの隙にクマはギャラリーを掻き分けて逃げていってしまった。

「イテテテ。なんなんだ、あのクマは。なあ、緑川?」

ヤマガクが不審がるのは無理もないことだったけれど、あいにく答えている暇はなかった。

僕は彼を置いたままクマが逃げていった方向へと走った。

クマは既に人混みに紛れて見えなくなってしまっていた。紫乃さんも一緒についてきてくれたが、結局、完全に見失ってしまった。

アプリの着信が入った。僕は素早くスマホを取り出して耳に当てる。

『緑川センパイですか。大丈夫ですか? 怪我していませんか?』

電話はキイからだった。カメラは屋外ステージ前にも設置していたので、たぶん今のやりとりも見ていたことだろう。

「まあ、なんとか。怪我はたぶんないはず。ああ、でも逃げられたのは痛かった。できればファーストコンタクトでケリをつけたかったんだけど」

『その点はご安心くださいです』

「え?」

キイが誇らしげに鼻を鳴らす。

『クマの逃げた先には既に火ヶ坂センパイに向かってもらいました。逃走ルートはこちらで完全に掌握しています。そろそろ真正面から接触するはずです』

「ということは？」

『武闘派の火ヶ坂センパイなら一対一ではまず負けないでしょう。あのクマはもう捕まえたも同然です。穴の中のクマ、アナグマです』

一度は逃げられたかと思ったけれど、キイがしっかりカバーしてくれたようだ。それに火ヶ坂先輩なら僕なんかと違ってヘマはしないだろう。

隣で同じようにアプリで会話を聞いていた紫乃さんが言った。

「やったね。わたしたちの行動によりうまく誘導できたってことなんだね」

僕と紫乃さんはアプリを起動させたまま、結果報告が来るのを待った。

ところが僕らの期待はあっさりと裏切られることになった。

ザッ、とノイズが混じり、キイと火ヶ坂先輩の声が同時に届いた。

『してやられてしまいました。すいません。猛省します』

『悪いッ！　裏をかかれた！』

「何があったの？」

紫乃さんは良いニュースを疑っていなかったようで、驚いたように訊ねた。

キイが悔しそうな口調で説明する。

『火ヶ坂センパイはあと少しでクマを捕獲できそうだったんです。ところが唐突に第二、第三のパズライズ・テロが現れたんです。結局、三方に分かれて逃げられてしまいました』

「……第二、第三の？」

思えばパズライズ・テロは「超巨大パズライズ」と犯行予告をしてきたのだ。実行犯が一人だけと考える方がおかしかったのである。

『すまない。うん。俺も火ヶ坂のサポートに入るべきだった』

青藤さんがアプリの会話に加わってきて謝罪をした。

『いいやッ。あたしが混乱しないでしっかり対応することができていればよかったんだ』

「違います。それを言ったらわたしが最初から緑川くんと一緒に捕まえておけば……」

流されるようにみんなが次々に謝り出した。

正直、よくない運びだった。初動に失敗し、裏をかかれたことでみんな後ろ向きになっている。

「そんなことを今、言ってる場合ではないでしょう！」

僕は負の連鎖を断ち切るべく、語気を強めて言った。

みんなが息を呑むのがアプリ越しに伝わった。

僕は間髪を容れずキイに指示を出す。

「キイ。現状を一度まとめてほしいんだ。できるだけ簡潔に。今やるべきことをはっきりさせたいんだ」

『りょ、了解です。ただちにやります。今すぐに』

キイはそう言うと十数秒ほどで報告を上げてきた。

『現在、パズライズ・テロの疑いがあるのは三体です。内二体は校舎に侵入しています。一体は外にいます。それぞれピエロ、オオカミ、クマの扮装をしています』

僕はそれを聞いて黙って考え込む。

この状況で重要なのは人数をどう割り振るかだ。

相手を完全にフリーにはさせたくないので、最低でも一人につき一人はついておかなければならない。

こちらが動けるのはキイを除いて四人。一人余るので、それを誰のところに配置するかが鍵だ。

『緑川ッ！』

考え込んでいたところ、不意に火ヶ坂先輩に名前を呼ばれた。

『さっきはガツンと言ってくれてありがとう。おかげで目が覚めた。一緒にやるぞ。いつぞやの体育館の時みたいにッ！』

僕は即座に答えを返した。

「わかりました。やりましょう！」

◆

『それではまとめます。これから緑川センパイと火ヶ坂センパイにはタッグを組んでクマの確保に向かってもらいます。まずはこれに全力を注ぎます。その間、紫乃センパイと青藤センパイは後から現れたピエロとオオカミのパズライズ・テロをそれぞれ見張っておいてください。誰か消されそうになったら牽制してもらいたいですが、こちらはあくまで時間稼ぎ程度でお願いします』

キイの指示を受けてアンチパズル部は行動を再開させた。

僕は紫乃さんと別れ、現在校舎の外をうろついているというクマの元へ向かう。

キイによると、クマは現時点では弓道場付近を徘徊しているらしい。

僕は最短ルートとなるように雑木林を突っ切って走った。

弓道場が見えてくる。的場の裏側にクマのキグルミがいた。

僕は死角になるように校舎沿いに接近する。

クマはまだこちらに気がついていない。

僕は確実性を高めるために、火ヶ坂先輩が到着するのを待つことにした。

突然、校舎から窓を開け放つ音が聞こえた。

見上げると火ヶ坂先輩が窓から乗り出すように顔を出していた。

しかしあいにくそこは二階の教室だ。地上から三、四メートルほどの高さがある。

火ヶ坂先輩はすぐに窓から顔を引っ込める。

当然だろう。いかに火ヶ坂先輩といえども中の階段を降りてくるしかない。

僕は火ヶ坂先輩が到着するまでクマの見張りを怠らないようにした。

クマは今はまだ大人しかったが、たぶんパズライズを引き起こせそうな人間を探し求めているはずだ。

もしその危険性が生じたら、僕は一人だろうと出ていって食い止めなければならない。

ふと、猛々しい声が頭上から聞こえてきた。

振り返って二階の窓を見上げる。

瞬間、火ヶ坂先輩が窓から飛び出してきた。

「んなっ！」

火ヶ坂先輩の身体能力が並外れていることにはそれなりに慣れてきているつもりだった。しかし彼女はそんな僕の認識を軽々と飛び越えるように、僕の頭の上を跳躍していった。

火ヶ坂先輩は地面の植え込みに突っ込んだ。それだけでは勢いを殺せず、芝生の上をゴロゴロと転がり回った。

てっきり着地に失敗したのかと思ったが、どうやらそうやって衝撃を逃していたらしい。

火ヶ坂先輩は勢いが止まると即座に立ち上がった。

「行くぞッ、緑川！」

唖然としていた僕に喝を入れるように叫ぶ。

ところが着地の音が聞こえていたのか、クマは既にこちらを振り返っていた。

僕らが二人がかりであることに気づいたクマは、不利と判断してすぐさま往来へと逃げ出した。

「緑川ッ、左から回り込め！　そっちに行くようにあたしが誘導する！」

「わかりました！」

僕は火ヶ坂先輩とは逆の反時計回りで弓道場を周回する。

確率はフィフティー・フィフティーだ。火ヶ坂先輩が宣言通りにクマを追い立てられなければ、せっかく二人がかりで挑んだのに僕はただの待ちぼうけになってしまう。

でも、僕は火ヶ坂先輩のことを信じている。

僕は走りながらアプリでキイの中継を聞く。

『緑川センパイ。いいです、いいです。そのまま走ってください。火ヶ坂センパイが予定通りそっちに追い込んでいます』

キイの中継は実に神がかっている。たぶん自分で監視カメラの映像を見ているだけではこうも的確に把握できないだろう。まるで神の視点から俯瞰しているかのようだ。

『弓道場の社屋の出入口前を通過中です』

『あと五十メートルほどです』

『今です！』

僕はいったん弓道場の建物の陰に身をひそめ、キイの合図に合わせて飛び出した。

目の前にキグルミのクマが現れる。

「どめっ！」

「うぶるっ！」

どちらがどちらの悲鳴かもわからないまま、僕はクマと一緒に横転した。

立ちふさがるとか、食い止めるとか、そんなもっともらしい言葉はまったく当てはまらない。ほとんど人間同士の交通事故だ。

クマは少しふらついていたが、数秒後にはもうしっかりと立ち上がっていた。

一方、僕は打ちどころが悪くて腰に力が入らなかった。

体当たり勝負ではどうやら僕の負けのようだった。

だけど僕はちゃんと役割を果たしたのだ。

頭上をふわり、と火ヶ坂先輩が軽やかにまたいでいく。

「その体当たりさ、文字通り体当たりすぎ。でも、嫌いじゃない……ねッ！」

彼女は僕に笑いかけると、着地と同時に体をグルッと回転させた。

綺麗な半円を描いたキックがクマの側頭部を捉える。

キグルミの頭部が激しく回転した後、クマは目を回したかのようにバッタリと仰向けに倒れた。

僕は用意しておいたロープを使ってクマの手を厳重に縛りつけた。

「よしッ。それじゃあ拝顔させてもらおうか」

拘束が終わると火ヶ坂先輩がクマの頭を取り外した。

中身はうちの学校の生徒ではなかった。

キイに在校生のデータと照合してもらったので間違いない。パズライザーであることは確かなようだったが、文化祭に乗じて侵入してきた他校の男子のようだった。

「まあ、多少は予想していたけどね。まあ、いいさ。目を覚ましたら徹底的に尋問してやるからッ」

僕らは部室の隣の空き部屋に気絶しているクマを連れていって収監した。逃げられないように施錠もきっちりしておいた。

学校敷地内に侵入しているパズライザーはあと二人だ。

突然、紫乃さんから連絡が入った。

『お願い。第二体育館に急いで来て。わたしが追跡しているピエロが動き出したの！』

✦

僕と火ヶ坂先輩は全速力で第二体育館にやってきた。

アンチパズル部に入ってすぐ、ここで運動部の殺伐とした騒動を止めたことを思い出す。しかし今日、そこはまったく様相が異なる空間に変わっていた。参加型アートやファンシーなオブジェが展示されており、文化祭で最も子供受けのする場所になっていた。

親と一緒に入場したのだろう。小学生以下の子供たちが足元をちょこまかと駆け回っている。

もちろんどんなに小さくてもパズライズの対象内で、誰もが髪に色を持っている。幼い子供は行動が予想できないため、僕らはヒヤヒヤしながら館内を進むことになった。

「うわわッ。こりゃ面倒な場所に逃げ込まれたかもしれないぞ」

「そうですね。これは確かに危なっかしい」

火ヶ坂先輩の言葉に頷きながら、僕は注意深く進んでいく。

やがて僕らは標的のピエロを発見した。

ところが予想していたものとは異なる事態が起きていた。

「これは……どういうことだッ？」

ピエロはコミカルな踊りをしながらボールでジャグリングをしていた。周りにはギャラリーが集まっており、特に子供たちからは大人気の様子だった。

ピエロの後方では紫乃さんが戸惑った面持ちで立ち尽くしていた。

僕と火ヶ坂先輩は回り込んで紫乃さんに合流する。

「紫乃さん。どういうこと？　これが潜入したパズライズ・テロ？」

「……そのはず、なんだけど」

紫乃さんが自信なさげに言葉を濁す。

「キイに指示された通りに見つけたまではよかったんだけど、ここに来てからずっとあのパフォーマンスを続けているの。まだ誰も消してないし、消そうともしてこない。でもどんどん周りに人が集まってきちゃって、このままではいざという時に対処できなくなりそう」

ちなみにその場を俯瞰したとすると次のような状態になる。

	ピエロ	
黄	紫	赤
緑	青	桃
紫	桃	橙

紫と桃が重複しているだけで、他の色は一人ずつだ。幸いなことにまだ危険性はかなり低い。

ただしそのピエロは別の意味でもっと危なかった。

「……なんだかずっと見てたらパズライズ・テロとは無関係の人に思えてきた」

「まずいッ。あたしにもそう見えてきた」

本当はパズライズ・テロだと疑いがある時点ですぐにでも捕まえたかった。しかしこうもパフォーマンスに徹している姿を見せられていると、僕らが勘違いしているだけなのではないかと不安になってくる。

念のため僕はアプリでキイに問い合わせてみた。

『本物に決まってます！　そのピエロはさっき火ヶ坂センパイを邪魔してきた奴なんです。間違いな……な……いと思います……たぶんですけど』

話しているうちにキイまで自信をなくしてしまったようだ。事実、それだけピエロのパフォーマンスは本格的だった。

「くそッ。捕まえていいかどうかが全然わかんないぞ！」

火ヶ坂先輩が悔しそうに悪態をつく。

せめて中身が犯人だと確信できる決め手が欲しかった。

「あっ！」

僕らがまごついていたところ、ピエロはジャグリングをやめて近くの男の子を抱きかかえた。そしてまるで曲芸でもするかのように、子供の体を軽々と持ち上げた。

小学一年生ほどの男の子は嬉しそうな声を上げている。傍にいる母親らしき女性も楽しそうに笑っていた。

一方、僕ら三人はその光景をハラハラしながら眺めていた。

もしピエロの中身が普通の人間だったら？　単純に微笑ましい光景だ。

そうではなくパズライズ・テロだとしたら？　危険なことこの上ない。

僕は改めてピエロに遊んでもらっている男の子の髪の色を確認した。紫色だ。

ギャラリーの中にはもう一人紫色の子供はいるが、パズライズを引き起こす三人目はいない。あくまで今のところは。

ピエロの周りには他の子供たちが羨ましがって群がっている。

「マズイッ。これでどこからか三人目の紫が来たら防ぎようがない」

いかに行動力のある火ヶ坂先輩といえども、相手がパズライズ・テロだと確定していない状態では動くに動けない。

「……緑川くん」

おもむろに紫乃さんが口を開いた。

「わ、わたしなら、確かめられるよね？」

最初、紫乃さんが何を言っているのかよくわからなかった。しばらく彼女の決意のこもった目を見て、どういうことか察することができた。

「……そうかッ。なるほど。それなら確かにあのピエロが白か黒かはっきりするな」

火ヶ坂先輩も紫乃さんの計画を察したようだった。だけど僕は反射的に反対してしまった。

「で、でも、それはいくらなんでも危なすぎるよ」

「いいの。やる。やらせてほしいの」

紫乃さんは僕の目をじっと見つめながら言った。

「わたしだって、がんばれるはずなんだよ！」

思えば紫乃さんが自分から何かを強く要望してくるのは、僕が知る限り初めてのことだった。

しばらく考えた末、僕は紫乃さんを信じてみようと思った。

「……わかった」

「ありがとう。サポート、よろしくね」

紫乃さんは改めて計画を説明してくれた。それは予想した通りに危険なものだった。でも僕はもう彼女に託すことにしたのだ。

紫乃さんは毅然とピエロの正面に出ると、真っ直ぐに歩を進めていった。そしてピエロに群がっているギャラリーのうち、紫の子供の傍に寄っていく。これで「紫×2」の状態だ。

この計画はピエロの中身が善良な一般人であれば何も意味を持たない。

だが、パズライザーだったら？

必ずやこのチャンスにパズライズを引き起こそうとしてくるに違いない。

さあ、動くなら動け！

僕と火ヶ坂先輩はピエロの背後から両側へ回り込む。

「ワー、キャハハハハ！」

ピエロに抱きかかえられている子供の声が響く。

見当違いだったのだろうか、と思いかけたその時だった。

ピエロはいきなり体勢を変えると、抱えていた男の子を紫乃さんへ向かって投げた。

子供がいかに小さいとはいえ、それはありえない光景だった。

通常であればそれだけで意表を突かれて判断が鈍ってしまっただろう。

でも僕らは予想していた。待ち受けていた。だからすぐに動くことができた。

「紫乃さんっ！」

左右に控えていた僕と火ヶ坂先輩は同時に飛び出した。

紫乃さんは床を蹴って後ろへ飛び退く。

僕が横から割り込み、投げ飛ばされた男の子を待ち受ける。

当たり前だけど緑の僕ではパズライズの心配はない。

僕はしっかりと男の子を両腕で受け止めた。

「――――ンなっ⁉」

ピエロは狼狽の声を上げた。

周到に機会をうかがってきたからこそ、自分がハメられたことに余計に驚いたのだろう。

「……く、くそっ」

ピエロは慌ててその場から逃走を図ろうとした。

でも遅い。反対側から飛び出した火ヶ坂先輩が容赦なく攻撃を叩き込む。

ピエロは曲芸のように横倒しに吹っ飛んでいった。

二人目のパズライズ・テロ、確保だった。

✦

その後、僕らは三人目、四人目のパズライズ・テロを順調に確保していった。

最初こそ連携にぎこちなさはあったが、キイが敵を見つけ、火ヶ坂先輩が動き、僕と紫乃さんがサポート、そして事後処理を青藤さんが行うという一連の流れが徐々に出来上がりつつあった。

時刻は犯行予告の十二時から既に三時間が経過していた。あと一時間ほどで文化祭の一日目が終わりを迎える。

パズライズ・テロが全部で何人いるのかわからなかったが、この調子なら完全に封じ込められるかもしれない。誰もがそう思い始めていた時のことだった。

崩壊は急に訪れた。

ちょうど僕らは五人目を追っているところだった。

パズライズ・テロはそれぞれ扮装の仕方が異なる。そいつは上下ジャージの服装で、顔にウサギの仮面をつけていた。

身のこなしが軽く、とにかく逃げ足が速かった。僕らは何度もあと一歩というところでそいつを逃し続けていた。

しかし指示を出すキイも着実にそれに順応しつつあった。

彼女は監視カメラから五人目の行動パターンを分析し、次にどのような動きをするか予想を弾き出していた。

『これでいけます。計画通りにいけば、次こそは校舎の昇降口一階で四面楚歌させられるはずです。ワンモア、お願いします！』

キイの指示を受けて僕らは再度、校舎内に散らばった。

一人一人が順番に牽制を仕掛け、ウサギの仮面が逃げる方向が一定になるように誘導していく。

徐々に「これは行ける」という確信が生じてきた。

たぶん他のみんなも同様だったと思う。それほどまでに息のあった連携プレーが続いていた。

ところが一瞬、僕の集中が途切れた。

気を抜いたつもりではなかった。ただ、廊下でクラスメイトの一人とすれ違った時、妙なものを感じて足を止めてしまったのだった。

僕は振り返ってそのクラスメイトを見た。

彼とは普段からあまり交流がなく、かろうじて顔を知っているだけの間柄でしかなかった。

にもかかわらず強い違和感があったのは、彼の髪の色が普段と違っているように見えたからだ。

もちろんそんなことはありえない。

パズライズにまつわる髪の色は途中で変化しない。これはルールのはずだ。

おそらく僕の記憶違いなのだろう。印象の薄い知人だからはっきり色を覚えていなかったのだ。

でも、何かが心にかぎ針のように引っかかる。

『緑川センパイ？』

アプリ越しにキイに名前を呼ばれて我に返った。僕は慌ててスマホを耳に当てる。

「ご、ごめん。何？」

『立ち止まらないでください。ノン・ストップでお願いします。予定ポイントに犯人が近づいていています。カミングスーンです』

そうだった。僕は今、五人目のパズライズ・テロを追いかけている最中だったのだ。

僕は迷いを振り切るように再び走り出した。

この作戦は四人が同時に犯人を取り囲まなければいけない。タイミングが遅れると包囲の甘いところをかいくぐって逃げられてしまう。

僕は立ち止まった遅れを取り戻すため、廊下の角を内側ギリギリで曲がり、階段を滑るように段抜かしで下った。

どうにか時間内に合流地点の昇降口に到着した。

「――えっ⁉」

しかし計画は失敗した。他の三人が到着していなかったのだ。

四人がかりで捕まえようとした相手を、一人で捕まえられるはずがない。

僕はウサギの仮面が逃げていくところをみすみす目の前で見送ることになってしまった。

数分後、紫乃さんが遅れて合流地点にやってきた。

火ヶ坂先輩はさらにその倍ほども時間を要した。

青藤さんに至っては電波状況が悪いせいか、連絡がつかなくなっている。

それまでの順調さが嘘だったみたいに、チームワークが一度に崩壊していた。

「なにかあったんですか？」

僕は紫乃さんと火ヶ坂先輩に遅れた理由を訊ねた。

ところが二人ともなぜか「いえ」とか「ちょっとな」と言葉を濁す。

「……もしかして途中で変なものを見かけたんじゃないですか？　例えば髪の色が変わった人とか」

僕は思い切って訊ねてみた。

二人の表情が硬くなった。明らかに身に覚えがある反応だった。

しかし紫乃さんはすぐにそれを打ち消すように首を左右に振った。

「で、でも、そんなわけない。髪の色が急に変わるなんてこれまでなかった。たぶんわたしの思い違いか、見間違いだったんだと思う。だから気にしないでいいから」

「あッ、あたしも全校生徒の色を暗記してるわけじゃないんだよな」

いつもは自信満々の火ヶ坂先輩までそんなことを言い出す始末だった。

たぶん目撃したのが自分だけだったらこんなに問題にはしなかっただろう。しかし部員が三人とも同じようなケースに遭っているのだ。これはもはや錯誤で済ませるわけにはいかない。

「こういう時こそ情報を控えているキイに確認してもらいましょう」

僕はアプリでキイを呼び出す。彼女はタブレットに生徒の情報も収めているので、客観的に髪の色を照らし合わせてくれるはずだ。

ところがこちらが問い合わせる前に、キイの方が困惑しきった声を出してきた。

『……お、おかしいです、ありえません。意味がわかりません。ゲシュタルトが崩壊です』

「も、もしもし？　キイ？　どうしたの？」

『エ、エマージェンシーです。思考回路がショート断線寸前です』

「どういうこと？　もっと具体的に言ってもらわないとわからないよ」

『わからないったらわからないんですよ！　アンノウンです！　ノーバディーノウズです！』

どうやらすっかりパニックを起こしてしまっているようだ。

僕は二人にいったん部室に戻るように提案した。

これには火ヶ坂先輩が難色を示した。

「その間、実行犯たちはどうするッ？　追われていないことに気づかれたらすぐにでも人を消しにかかってくるぞ。とにかくみんなで追い続けないと！」

「キイをどうにかしないと、そもそもチームとして機能しなくなります！」

互いに焦るあまり、冷静さを欠いたまま意見を対立させてしまった。

その時、連絡がつかなかった青藤さんがようやく姿を現した。

「すまない。遅れた！」

彼はそう言った後、僕らの不和を見て厳しい声を出した。

「落ち着くんだ！　状況が把握できてないからこそ柔軟に対応していかないといけないだろ。キイちゃんの確認は縁くんと紫乃さんで頼む。実行犯は俺と火ヶ坂で追う」

いつもは温厚そうな青藤さんだったが、今日は極めて猛々しかった。

「火ヶ坂もすぐに頭に血を上らせないで、リーダーとして冷静な判断に努めてくれ」

「……ごッ、ごめん」

火ヶ坂先輩は青藤さんに怒られて頭を下げた。が、顔を上げるとすぐに気持ちを切り替えて表情を改めていた。

「行こう。今は一秒だって惜しい」

青藤さんの指示を受けて、僕らは二手に別れた。

火ヶ坂先輩と青藤さんはウサギの仮面が逃げていった校舎の外へ。僕と紫乃さんは旧・文化部長屋へと向かった。

部室ではキイが文字通り頭を抱えて「うー」とか「あー」などとうなっていた。

「キイ。何がおかしいのか、僕らにも見せてくれ」

一応人が来たことで多少安心したのか、キイは素直にタブレットを差し出してきた。

「これです。ここです。これなんです」

正直なところ、それを見る前まではキイも僕らと同じことで混乱しているものと思っていた。

ところが僕の予想は裏切られる。それよりも斜め上のことが起きていた。言うまでもなくリアルタイムである。キイが見るように指示してきたのは中継動画の一つだった。言うまでもなくリアルタイムである。


場所が二階の渡り廊下で、一人の男子生徒が映っていた。

制服はうちの学校指定のものだが、仮面をつけていて素性はわからない。十字にスリットが入っており、頭から顔を覆い隠すようなデザインだった。

しばらく見ていたら反対側からクラスメイトのヒナタさんが歩いてきた。

友達と一緒にはしゃぎながら歩いている。ちなみに彼女の髪は橙で、一緒にいる二人の友だちは黄色だった。今のところ危険性はない。

仮面の男はヒナタさんに向けて声をかけたようだった。監視カメラは音声までは拾えない。

ヒナタさんは立ち止まって仮面の男と言葉を交わしている。校舎内でも仮装をしている生徒は少なくないので、べつに驚いた様子はない。

それからヒナタさんたちは仮面の男と分かれて横を通りすぎようとした。

その時、まさに僕らには信じられないことが起こった。

仮面の男がヒナタさんとのすれ違いざまに肩に右手をかけた。

次の瞬間、一瞬のうちに彼女の髪が橙から黄へと変化したのだった。

僕と紫乃さんは狼狽するあまり声を失った。

仮面の男はそのままヒナタさんの肩に力をかけて奥の方へと押し出した。

その先には黄色の髪の友達が二人いるはずだった。

しかし寸前で監視カメラの映像は見切れてしまう。

「……ど、どういう、ことなの？」

紫乃さんの声は震えていた。

僕の心臓も激しく鼓動を打っていた。

人の髪の色が変わっているだけでも頭がついていかないのに、それを人が行っている瞬間を目の当たりにしてしまった。

さらにはクラスメイトのヒナタさんの生死も不明。しかも状況的には、もう……。

直後、スマホがけたたましく鳴り響いた。

異常に大きく聞こえたのは、たぶん自分の気持ちの問題だろう。

アプリは火ヶ坂先輩からだった。

スマホを耳に当てると、火ヶ坂先輩はかつてないほど焦った声で叫んだ。

『次々にみんなが消されていってるッ。そっちはどうなってるんだ？　おいッ、おいッ――』

アンチパズル部による文化祭防衛は、底が抜けたように一気に崩壊していった。

5 CHAPTER

第５章

文化祭二日目

NOVELiDOL

消えた。一気に消されてしまった。

それまではどうにか順調に守れていると思っていた。案外、この調子なら誰一人として被害を出さずに済ませられるかもしれない、と。

決して気を緩めていたつもりはなかったし、楽勝なんて少しも考えてはいなかった。それでも善戦できているという手応えはあった。努力と集中力を切らさなければ、なんとかパズライズ・テロを抑え込むことも不可能ではないと感じていた。

そんな直後の転落だった。

この気持ちは何かに似ている。そうだ。まるでバランス調整がされていないゲームを遊んだ時のような感覚に近い。

途中まではそこそこプレイできていたものが、次のステージに入った途端に一気に難易度が跳ね上がった感じだった。

もっともこれはゲームではない。ゲームオーバーも一時停止もない。投げ出すこともできない。

消えた人間は二十人以上に上った。その中にはクラスメイトのヒナタさんも含まれている。

あの後、僕らはヒナタさんを探し回った。しかし見つからなかった。消えているから見つかるわけがなかったのだ。

もしかしたら僕らが把握できていないだけで、被害者の数は本当はもっと多いのかもしれない。

さらに僕らは失意に打ちひしがれるあまり、痛恨のミスを重ねてしまった。

これまで捕まえてきたパズライズ・テロのメンバーに逃げられてしまったのだ。

彼らの身柄は旧・文化部長屋の空き部屋に順次収監していたのだけど、後で確認に行った時には既にもぬけの殻になっていた。

最初にそれを見た時は、彼らもまた何者かに消されてしまったのではないかと疑った。

だけどクラスメイトの一人が、ウサギの仮面をつけた奴がクマやピエロを逃がしているところを目撃したと証言をしてくれたので、単純に逃亡されただけだということがわかった。

「……ということは、明日も彼らが攻めてくるっていうこと？」

紫乃さんが茫然とした口調でつぶやいたが、誰も言葉を返せずにいた。

大勢の人間が消えてしまったというのに、学校側は何事もなかったかのように定時の十六時に一日目の閉会式を執り行った。

文化祭を妨害されることをあれだけ危惧していた生徒会長ですら、至って平然としていた。

改めてパズライズによる記憶の改ざんがいかに恐ろしいものか、身をもって知らされることになった。

閉会式の後、僕は部室に戻り、監視カメラが録画した映像を見返し始めた。

最初のパズライズ・テロであるクマのキグルミが現れるところ。

二人目、三人目と捕獲していくうちに、いい感じに僕らのチームワークが形成されていくところ。

やがて十字の仮面が現れ、ヒナタさんの色を変えるところ……。

そしてこれを機にアンチパズル部のチームワークは崩壊し、次々に人々が消されていった。

それを見返すのは辛かった。

痛みを伴う、なんてものではない。

痛みそのものだった。

僕はこれまで「人を消そうとするパズライザーを許せない」と心の中で思ってきた。

だけど今日、そんなものはただの言葉でしかなかったことがわかった。

僕は頭の中で思っていただけで、何もできなかった。無力だったのだ。

「……緑川。今日はもう帰ろう。明日のために」

火ヶ坂先輩がそう言ってくれたが、僕は「もう少し」と言って断った。

何がダメだったのか。どうすればよかったのか。

とにかく今できることは、監視カメラの映像を見返して糸口をつかむことだけだった。

もちろん監視カメラの数は大量にある。時間も長い。だけど僕はそれを選り分け、何度となく繰り返し見た。

特に十字の仮面が映っている箇所は食い入るように見た。

たぶんこいつがパズライズ・テロの主犯格に間違いない。

この十字の仮面は、途中まではまったく監視カメラには出てこなかった。

五人目のターゲットであるウサギの仮面を僕らが追うようになったあたりから、

徐々にあちらこちらの監視カメラで散見されるようになった。

そして他人の色を変え始めるようになってからはこいつの独壇場だった。

もちろんその間も、僕らは必死になってそいつを追った。

キイにナビゲートしてもらい、何度となくルートの先回りも試みた。

しかしまるで僕らの動きを察しているかのように、そいつは僕らの包囲網から姿を消した。

ここぞという時に監視カメラに映らなくなるのだ。

そのくせ色を変える時だけは、まるで自己顕示するかのように監視カメラの前に現れて事に及ぶ。

しかも色を変える時は必ず右手で対象に触るようだった。

……いったいおまえは誰なんだ？

僕は映像の中でそいつを睨むようにして追い続けた。

アンチパズル部のみんなは僕に付き合って映像の検証をしてくれた。

それでも時間の経過とともに隠しようのない疲労が表れてきた。

「……ごめん。緑川。あたしは先に帰るね」

最初に抜けたのは火ヶ坂先輩だった。これほどまでに疲れている彼女を見るのは初めてのことだった。

「悪いな。縁くん。俺も先に帰らせてもらうよ。うん。明日に障るといけないからね」

それからすぐ後に青藤さんも部室を後にした。

キイはずっと残ると言ってくれたが、紫乃さんが止めてくれた。というよりも「緑川くんも帰るんだから」と言ってたしなめられた。

気が付くと時刻は二十一時を回る直前で、学校が正門を閉めるギリギリの時間だった。

とりあえずキイに監視カメラの映像を外部メディアにコピーしてもらえたので、自分のスマホからでも検証はできるようになった。

「あんまり根を詰めすぎないでね。緑川くんだけのせいじゃないんだから」

たぶん僕が帰宅してからも映像の検証を続けるとわかっていたのだろう。紫乃さんはそう言い残して、キイと一緒に正門前からの最終バスで帰っていった。

僕は二人を見送った後、駅に向かって歩き出そうとした。

その時だった。きらびやかにデコレーションされた入場アーチを見て、僕は頭の中で何かがカチッと噛み合う音を聞いた。

それは最初はとてもちっぽけな疑念だった。しかしそれはすぐに雪の坂道を転がるようにして膨らんでいった。

そんな馬鹿な。ありえない。まさかあの人が犯人だなんて。

相反する感情が自分の中でせめぎあう。

だけど今の時点ではまだ決定的ではないのだ。

せめてあと一つ、決定的な証拠がなければいけない。

僕はしばらく悩んだ末、スマホを取り出してみんなにメールを送った。

✦

翌日、文化祭の二日目が訪れた。

アンチパズル部のメンバーにはできる限り早く部室に来てもらうように頼んだ。みんながそろったのは朝の六時半だった。

本当は今日も一日中奔走しなければならないことを考えると、もっと休んで体力を回復させておくべきだったとは思う。実際、僕自身があまり眠れていない。

だけど僕の計画はあいにくこの時間帯でないと成立しないのだ。

「今日は朝早くからすいません。でも、昨日の惨劇を今日も繰り返さないよう、できることはすべてやっておきたかったんです」

僕は部室に集まったみんなに向けて言った。

すると青藤さんがフォローするように優しく頷いた。

「いや、いいんだよ。うん。まったくその通りなんだから。それで、縁くんは何か良い作戦を思いついたのかい？」

僕は「はい」と言って頷いた。

僕はどのように手順を説明したものか少し考え、まず結論から言うことにした。

「これからキイの監視カメラを抜本的に見直そうと思っています」

「見直すって、今からッ⁉」

火ヶ坂先輩が大きな声を上げた。驚かれるのも無理はない。

僕は毅然とした態度で頷いた。

「そうです。昨日、僕は監視カメラの映像をずっと見返しました。家に帰ってからも、です。その結果、キイの監視カメラを使った作戦は途中までは確かに有効だったものの、後半からはほとんど効果がないことに気づきました。むしろパズライズ・テロ側にそれを逆手に取られていた可能性さえあります」

キイはショックを受けて口元をワナワナと震わせていた。

「そ、そんなです。バカなです。ありえ……ありえま……」

結局、キイは「ありえない」と断言することはできなかった。昨日、封じ込めに失敗したのは彼女も認めざるをえない事実なのだ。

僕はスマホを操作して十字の仮面が映っている場面を再生させる。

「あとはこいつの存在です。もうみんなわかっているとは思いますが、こいつは右手で触れた人の髪の色を変える能力があります。なぜそんなことができるのか、残念ながらまったくわかりません。ただ……」

僕は再生していた映像を一時的に止める。

「僕はこいつがパズライズ・テロの主犯格であり、以前より学校にひそんでいたパズライザーであると予想しています。もちろんうちの制服を着ているというのもありますが、何よりもその自信に満ちた行動が他のパズライズ・テロと一線を画しているように思えるんです」

僕は説明を続ける。

「監視カメラに映っているこいつの行動は非常に意識的です。僕らが追っている時には死角に回り、逆に余裕のある時はわざとカメラの前に出てきているように見えます。おそらくこいつは監視カメラの場所や範囲を既に詳しく把握していると思います」

「ど、どうやって把握したってんだッ⁉」

「それはわかりません。最初は他のパズライズ・テロのメンバーが徐々に監視カメラの位置に気づいていったのかとも考えました。でも、それにしては精度が高すぎます。もしかしたらあらかじめ監視カメラのことを知っていた可能性も否定できないんです」

「あらかじめ、というと？」

紫乃さんが考え込むように口に手の甲を当てながら訊いてきた。

「あまり考えたくはないけど、当日の前から僕らの動きを把握していたのかもしれない」

準備期間中、僕らは決しておおっぴらに行動していたわけではない。

下手なことをすれば生徒会長に目をつけられかねなかったし、そもそもやっていることが監視カメラの設置というギリギリのことなので、周りにはかなり気をつけて動いていたのだ。

もっとも今は過去を嘆いている暇なんかない。

どうやって相手に情報が漏れたかではなく、これからそれにどのように対応していくかが重要なのだ。

「それで緑川くんはどうするつもりなの？」

紫乃さんの質問により、みんなの視線が一気に僕に集まる。

僕は一度息を吸い込み、一気に言い切った。

「監視カメラの角度をすべて逆に変更します」

「すべてッ？」

火ヶ坂先輩が驚くのも無理はない。

準備期間中にカメラを設置するのには三日間を要した。しかもそれは追加分だけである。元からキイが設置している分も数えれば単純に倍近くになるはずだ。

「すべてです。そして今からです」

僕は火ヶ坂先輩の剣幕に圧されぬよう、力強く頷いてみせた。

「それと、どこから情報が漏れるかわかりません。学校の誰がパズライズ・テロとつながっているかもわかりません。だから他の生徒がいない今、やるしかないんです」

ちなみに他の生徒が登校してくるまで多目に見積もってもあと一時間半ほどしかない。

火ヶ坂先輩は難しい顔をしている。考えるよりも先に行動を、というのがポリシーである彼女が悩んでいる。それでも僕は続ける。

「時間的にはかなり無理を言っているのは承知しています。自分でも非常識だと思ってます。でも、だからこそやる価値がある。向こうもこんな短期間に監視カメラを変更するとは思っていないはずです。不可能だと思うからこそ、それを実行すれば、相手の裏を掻くことができるんです」

僕は校内の見取り図をアンチパズル部のみんなに配った。あらかじめキイに頼んで作っておいてもらった資料である。

「現在のカメラの位置、角度を一覧にしてまとめてあります。変える角度は一日目とは逆。要するにパズライズ・テロが死角だと思い込んでいる場所を映すように変えていきます。もちろん普通にやっていったら間に合いません。分担が大事です。それぞれやってもらう箇所を分けておきました。これからみんなでバラけて作業してもらいます」

僕が説明できることはこれですべてだった。あとはやってくれるかどうかだ。

「……緑川。これで本当にパズライズ・テロを防げると思うか？」

火ヶ坂先輩が疑わしそうに訊いてきた。

計画を否定しているわけではないのはわかっている。ただ、昨日心が折れてしまった彼女は不安なのだろう。何か確かなものを欲しがっているのだ。

僕ははっきりと頷いてみせた。

「できます。逆にこれをしないと、どんなにがんばっても昨日の二の舞いになります」

横から青藤さんが口を開いた。

「うん。俺はいいと思う。うまくやれば確かに敵の足元をすくうことができる。やってみる価値はあると思うな。ただしこの計画はスピードが命だ。迷っている暇はない」

キイと紫乃さんがそれぞれ頷いた。

「私もやります。やるしかないなら、やるのです！」

「わたしだってもちろんやります」

火ヶ坂先輩は苦しそうな顔をしていたが、やがてテーブルに「バン」と両手を叩きつけるようにして立ち上がった。

「わかった。やるッ。やってやるッ！」

◆

——どいつもこいつも愚かな人間ばかりだ。

文化祭二日目、犯行を予告しておいた十二時になった。

屋上へ上がり、学校の敷地を見下ろす。

ちっぽけなピースがごちゃごちゃと煩雑に混じり合っている光景は実に不快だ。

特に今日と昨日は外からの来場者を迎えているため、余計に無秩序な様相を呈している。

小汚い。秩序がない。見るに耐えない。

だがしかし、こんな世界だからこそ、神は自分に力を与えたのかもしれない。

太陽に向けて右手を伸ばす。

我ながら素晴らしい手だ。

神から与えられた特別な手だ。

自分はこの力とともに、パズライズを推し進めるよう神から啓示を受けた。

それが今から半年前のことだ。

ところがそれを阻もうとする愚か者共がいた。アンチパズル部の連中だ。

奴らは自分と同じくパズライズを認識できる身でありながら、許しがたいことにその意義を完全にはき違えていた。

能力を有用に使うどころか、逆にパズライズを悪行だと非難している。

それがいかに間違ったことであるか、わからせてやる必要があった。

そこで自分は超巨大パズライズを起こすことにしたのだ。

むろん連中ははき違えた正義感で抵抗してきたが、神の力を振るう自分にとってしょせん敵ではなかった。

昨日の絶望的な表情は実に愉快だった。

ところが連中は今朝になって再び立ち上がってきた。

これには敵ながら少々感心した。

人間というのは絶望すると変化を拒むようになるものだ。

この状況で行動まで移せたことは評価してやる。

だがしかし、作戦の内容はお粗末としか言い様がないものだった。

そこまで考えておきながら、なぜもっと冷静に物事を俯瞰できなかったのか。

詰めが甘い。もっと冷静にすべてを疑え、と言ってやりたかった。

まあ、仕方がないのかもしれない。

自分のように神に近い人間は他にそうそう存在するものではないのだ。

いや、そもそも連中と自分を同列で考えてしまったことがナンセンスだ。

広い心で海容してやらなければならない。凡人にしてはよく健闘した方だ、と。

校舎の時計で時刻を確認する。

そろそろ部下共が配置につくはずだ。

正直に言えば、こいつらも決して出来のいい代物ではない。

昨日は各々自由にやらせてみたが、場当たり的な行動ばかりで、非常に失態が多かった。

なので今日は最初から自分で計画をコントロールすることにした。

部下共には自由意思を一切持たず、機械のように動けと伝えてある。

もちろん実行するのは本当の超巨大パズライズだ。

昨日のような小規模なものではない。

入場客を含めれば百人近い規模での消失が成功するはずなのだ。

……それにしても連絡が遅い。

昨日よりも地の利を学んでいるから、明らかに仕事はやりやすくなっているはずだ。

作戦が早まることはあっても、遅くなるとはなんたる愚行だ。

チッと舌打ちをして部下の一人に連絡を入れた。

電波は通じるが、一向に呼び出しに応じない。

まったく、何をやっていやがる。

完璧な計画は仮定も同様に完璧でなければならない。

別の部下に連絡を試みたが、またしても不通だった。

仕方がない。自ら確認に赴くため、十字の仮面を装着して屋上を出ることにした。

校舎の中を足早に進む。

何度か監視カメラが隠されているポイントを通過することになった。

しかし見え方は完全に把握している。もちろん今朝、変更された角度もだ。

とりあえず今はアンチパズル部の連中に関わっている暇はないので、監視カメラの死角を通っていくことにした。

部下共は依然として見つからない。

定期的に電話をかけてみてもいまだに状況は変わらない。

ふと窓から中庭を見下ろしたところ、拘束されている部下の姿が見えた。
身体能力に最も優れたウサギの面の部下だ。
傍に立っているのは火ヶ坂だった。
「……なに？」
部下からスマホを取り上げたところが見えた。それは自分がちょうど鳴らしている
スマホだった。
ギリッ、と歯噛みしながら呼び出しを切った。
部下への連絡はすべて非通知なので、向こうからたどられる心配はない。
とはいえ一瞬でも自分のところへ手をかけられそうになったのが激しく不快だった。
あきらめの悪い低能な連中が！
そもそもお前らの計画は既に破綻していたはずだ。今さらそんなことをしてどうな
る。
さらに怒りはアンチパズル部の連中のみならず、無能な部下共にも向かった。
この程度のことも満足に遂行できないとは。
こんなことなら昨日の時点で見捨ててしまうべきだった。
自分は神に最も近い人間だというのに、その手足となるべき人間に足を引っ張られ
ている。

実に嘆かわしいことだ。愚かしい。是正すべきだ。

しばらく怒りに駆られた後、自分はある決断を下すことにした。

アンチパズル部の連中を消してしまおう。

当初の計画では直接的にはターゲットにしないつもりでいた。

神からもそのように指示されていたし、考えを改めさせれば味方に引き込むことも可能だったからだ。

しかし一度消すことを考えてしまったら、思考に歯止めが効かなくなった。

そもそも自分はアンチパズル部の連中が根本的に好きではなかった。

目障りだった。人助けごっこに興じている姿には反吐が出そうだった。

考えれば考えるほど、いかに自分がこれまで耐えてきたのかを自覚した。

しかしそれも今この時点をもってして終わりだ。

近くに監視カメラがあったので、死角に入ってから仮面を外した。

もはや部下共は当てにはしない。

この右手の力があればいくらでもやりようがある。

むしろ一人の方が奴らの裏をかきやすいはずだ。仲間面して近づけばいい。

右手を強く握りしめ、自分は中庭へ降りる階段へ向かった。

まず狙うのは火ヶ坂からだ。奴を消せば末端はすぐに崩れ去るだろう。

そう思った時、背後から自分を呼び止める声がした――

✦

「来た！」

アンチパズル部の部室で映像を見ていた僕は立ち上がった。

今日はずっとこの瞬間を待っていたと言っても過言ではない。

部室を飛び出し、該当の監視カメラがある場所まで一気に走る。

「待ってください！　私も行きます！」

遅れてキイも僕のあとを追ってくる。

昇降口から校舎に駆け込み、階段を駆け上がる。

廊下の先にいるそいつの姿が目に入った。

相手はまだ僕に気づいておらず、中庭に通じる下り階段に向かおうとしている。

その階段を降りると場所が開けてしまう。引き止めるのなら今しかない。

僕は意を決して大声で叫んだ。

「待て！」

そいつはピタリと足を止めた。だが、背を向けたまま振り返ろうとはしない。

僕は立ち止まってそいつを睨みつける。

体格、髪の色、たたずまい。すべて僕が予想していた通りの人物だった。

「緑川センパイ！」

後ろから一緒に部室を出たキイが追いついてきた。

犯人はしばし立ち止まっていたものの、隙を見て階段に移動しようとした。

僕は意を決して彼の名前を叫んだ。

「動くんじゃない、青藤！」

彼は今度こそ完全に動きを止め、それからゆっくりと振り返った。

こちらを向いた青藤はいつもと変わらない柔らかい表情をしていた。

「どうしたんだい、縁くん？　それにキイちゃんも。そんなに怖い顔をしてさ。うん。焦る気持ちはわかるけど、仲間に対して声を荒らげるなんていかがなものかな」

「……し」

しらばっくれるな、と言いたかった。

でも僕はその言葉を寸前で飲み込む。感情的にならずに、まずは相手の様子を探らなければいけない。

と思っていたら、隣のキイがあっさりと暴発した。

「しらばっくれるなです！　ネタは全部上がってるんですよ！　全部盛りマシマシで

す！」

青藤は悲しそうに眉をひそめる。

「うん？　まさか俺がパズライズ・テロの主犯格として疑われてるのかい？」

「違います」

僕ははっきりと答えた。

「主犯格だと確信したんです。疑いではありません」

青藤は驚いたように目を見開く。

「待ってくれよ。君たちは何を言っているのかわかってるのかな？　うん。ちょっと冷静になろうよ」

「僕は冷静です」

「私だってクールです。絶対零度です」

青藤は嘆かわしそうに左手で額を押さえながら首を振った。外国人がやるような戸惑いのジェスチャーだ。

「いいかい。今、こんなところで仲間内で疑心暗鬼になっている余裕なんてないんだよ。賢明な君たちならわからないわけないだろう？　今だってパズライズ・テロが活動しているんだ。うん。一秒だって惜しい。君たちは学校のみんなを守りたくはないのかい？」

「あなたを捕まえることがこの学校を守ることです」

「…………」

青藤はしばらく間を置いてから長いため息をついた。

「……うん。納得はしかねるけど、君たちに俺が疑われているという事実は認めよう。ただ、どうしてそういう結論に至ったのかくらいは教えてくれるんだろ？」

「僕はずっと監視カメラの映像を見て、パズライズ・テロの主犯格がうちの生徒だと考えてました」

「それはわかっているよ。うん。昨日、一緒に映像を検証したじゃないか。それで？」

「実はあなたが帰った後、主犯格が監視カメラに映っている時間と、あなたと連絡がつかなかった時間を比較してみたんです。するとこれがすべて一致していることがわかりました」

青藤は年上なだけあって落ち着いていた。

「なるほど。うん。でもそれだけではフェアとは言えないね。そんな論法では、行動を把握できていない人はみんな犯人候補じゃないか。それで俺が犯人って言われても、作為的な吊し上げとしか思えないよ」

「あなたを照らし合わせたのはちゃんと理由があったからです。昨日のこともありますが、その前から不審な点がいくつもあったんです」

「とりあえず聞かせてくれ」

「あなたはよく人に触れる」

「うん?」

予想していない言葉だったのだろう。わずかに青藤の表情が崩れた。

「監視カメラに映っていた主犯格は右手で人に触れることで色を変えていました。でも普通、人は人に触られるのをだいたい嫌がるものです。異性だったら特にです。嫌がったり、避けたり、驚いたりする」

横からキイが会話に割って入ってくる。

「私だったらゴメンです。ありえません。断固拒否して回避します」

流石に誰もがキイほどのオーバーリアクションを取るわけではないだろうが、多かれ少なかれ何らかの反応を示すはずである。

「なのに監視カメラに映っていた人たちは、主犯格に触れられてもあまり意に介した様子がありませんでした。まるでこんなこと、普段から当たり前のことでもあるかのように」

青藤は腕組みをして僕の話を聞いていた。

「なるほど。それで日頃から頻繁にボディタッチの多い俺を犯人じゃないかと思うようになった、というわけだね。うん。言いたいことはわかった」

　だが、と青藤は続ける。

「それだけでは決め手に欠けるな。うん。日頃から人に触れるのが俺だけとは限らないじゃないか。狭い範囲でものを考え過ぎだよ」

「他にもあります」

「一応、聞いてみよう」

「あなたは左利きでしたよね？」

「よく覚えているね。そうだよ。うん。そういう細かいことを記憶しておくと女子にモテるんだ」

「初めて自己紹介をした時、握手が噛み合わなかったことがあったので」

「そうだっけ？　そういえばそんなこともあった気もするね。うん。でも、それが俺とどう関係するのかな。主犯格は右手で人に触れていたじゃないか」

「あなたも本当は右利きですよね？」

「いきなり何を言うんだい？　身も蓋もないにもほどがあるね」

「右手の能力を隠すために、普段から左利きとして振る舞っていたんじゃないですか？」

　青藤はあきれたように目を閉じた。

「論理が飛躍しすぎだ。結論に結びつけるために妄想で埋めるのはやめてくれないか」

「いいえ。証拠はあります。文化祭の準備期間中、僕はたまたまあなたがアーチ作りの手伝いをしているところを見かけました。目が合ったあなたはすぐに作業をやめました。その時は女子に接しているのを見られてバツが悪かったのだと思ってましたが、本当は違ったんです。あなたはあの時、右手で工具を使っているのを誤魔化そうとしたんです」

「…………」

「どうなんですか」

「悪いけどそんな細かいことは覚えないね。うん。君と違って俺は一つの出来事にこだわっているほど暇じゃないんだ」

「……………」

「……………」

互いに言い分を譲らず、沈黙が平行線になった。

僕は静かにため息をついた。

キイの方をわずかに一瞥する。彼女はコクリと頷いた。

本当はこの証拠は口に出さずに済ませたかった。でもこうなっては仕方がない。

「……あなたが主犯格の仮面を所持しているのはわかっています」

「ふうん？」

青藤は面白そうに鼻を鳴らした。

「それだと物的な証拠ということになるね。出てきたら確かに犯人である可能性が高くなる。で、身体検査をしようっていうのかい？　そこまでして出てこなかった場合、俺の立場はどうなるんだろうね？」

「………………」

それまで穏やかだった青藤が、徐々に感情を表に出すようになってきた。

「いかに温厚な俺でも、そこまでされるのならもう黙ってはいられないな。本来であれば今の時点ですら憤慨に値するんだ。疑うところまではいい。ただ、それを口に出したら戦争なんだよ？」

でも、と青藤は続ける。

「今なら特別にすべて聞かなかったことにしてあげてもいい。君は俺の大切な仲間であり、後輩だ。さあ、お互いのためだ。撤回してくれ」

青藤はもう笑っていなかった。僕を試すようにじっと凝視している。

「……来ます」

横でタブレットを覗き込んでいたキイがつぶやいた。

火ヶ坂先輩が階段を上ってやってきた。廊下の反対側からは紫乃さんが姿を現す。

アンチパズル部全員がそろった。これにより青藤の退路をすべてふさぐことになった。

「……全員から疑われていたとはね。うん。俺って実は人望がなかったんだな」

「証拠があるからです」

僕はそう言うと、青藤は辟易とした表情で頭を振った。

「あくまで撤回する気はないってことだね。そしてみんなの前で告発しようってことか。まったく困ったものだ。うん。君の妄想にこうも振り回されるなんて」

「いいえ。妄想なんかじゃありません。証拠は監視カメラの映像の中にあります」

ピクッ、と青藤の眉が動いた。

「……どういうことかな？」

僕はキイに目配せをした。彼女はコックリと頷くと、タブレットをみんなに見えるように高々と掲げた。

録画された映像が再生される。そこには青藤が十字の仮面を外して素顔をさらす瞬間が収められていた。

「……ふ、ふざけるなっ！」

映像を見た青藤が声を荒らげた。

「なんだそれはっ？　俺をハメるつもりか！　そんなニセモノの映像をわざわざ作り

やがって！」

「ニセモノではありません」

「ニセモノだろうが！　昨日の監視カメラの映像は俺もすべて見ているんだ。昨日の映像にそんな場面はなかった！」

「これは昨日の映像ではありません」

「だからそう言っているんだ。キイに合成映像でも作らせたんだろう。そこまでして俺を犯人に仕立て上げたいのか？」

「いいえ。合成ではありません。これは今日の、十分ほど前に撮影されたものなんです」

　青藤の表情が固まった。

「……どういうことだ？」

「今朝の監視カメラの角度変更。あれはブラフです」

「ブラフ……だと？」

「あなたを通じてパズライズ・テロ側に情報が漏れているのは予想していました。でもそれには気づかないフリをしたまま、敢えて監視カメラの変更に協力してもらったんです。作業は分担してもらいましたが、実際にカメラの角度を逆にしたのはあなたにお願いした箇所だけです。それも、後から僕が秘密裏に元に戻しておきました。つまり今日のカメラは一日目とまったく同じ角度を映していたんです」

「………………」

本当はこんな仲間をワナにかけるようなやり方はしたくなかった。しかし青藤に疑いがかかっている以上、僕はこれをやるしかなかったのだ。

「青藤ッ！　どうなんだ。ウンとかスンとか言ってみろ！」

黙っている青藤に向かって、火ヶ坂先輩が声を荒らげた。

計画の性質上、キイだけには事前に意図を打ち明けていた。だけど他の二人には早朝の時点では真意を伏せており、話したのはしばらく後になってからだった。

青藤は何も答えない。無表情であらぬ方向を眺めている。視線をたどってみると近くにある監視カメラを見上げているようだった。

「……うん。なるほど」

青藤がおもむろに納得したようにつぶやいた。

一瞬、火ヶ坂先輩の言葉に対して冗談で「ウン」と応じたのかと思ったが、そういうつもりではないようだった。

「流石にこれ以上の言い逃れは無理があるな」

青藤はそう言うと制服の懐に手を差し入れた。

僕らは警戒して身構える。

青藤が床に放り投げたのは十字の仮面だった。それは間違いなくパズライズ・テロの主犯格が装着していたものだ。

わかっていたつもりだった。だけどそれを目の当たりにした途端、心がガツンと揺さぶられるのを感じた。

「……青藤ッ……なんで……なんでだッ！」

絞り出すように声を発したのは火ヶ坂先輩だった。

「うん？　何がだい？」

「これまで一緒にパズライズを防いできたのはなんだったんだッ！　おまえは何がしたかったんだ！」

火ヶ坂先輩は苦悶で顔を歪ませていたが、それに対して青藤は実にあっけらかんとした表情だった。

「それはもちろん君たちを油断させ、より大きなパズライズを起こすためだ。長期的にプランを考える場合、当然の戦略だろう。人をだます心理としても何も特別なことじゃない。そんなこともわからないのか？」

青藤はもはや隠すことをあきらめたのか、淡々と語っていく。

「ところでこちらからも質問だ。俺の部下とさっきから連絡が取れないんだが、どうなっているんだ？」

僕が答えようとしたが、それよりも先に火ヶ坂先輩が気丈な口調で言った。

「残念ッ。既に何人か確保済みだ。おまえがブラフを鵜呑みにしたまま部下に情報を流してくれたおかげで、今日は面白いようにそっちの動きを把握できたよ。なにせ死角だと信じてる場所が真正面なんだから。今じゃ混乱しきって散り散りに逃げ惑っているんだッ」

「うん。そうか」

火ヶ坂先輩の攻撃的な言葉に対して、青藤はあくまでも落ち着いた態度だった。

「もう一つ、質問いいかい？」

青藤がさらに訊ねてくる。

「この計画を立案したのは誰だ？　要するに監視カメラによるブラフのことなんだが」

ふと、青藤が冷静に話しているフリをしながら、密かに周りをうかがっていることに気がついた。何かを企てているのは明らかだった。

僕は質問には答えず、すぐさま青藤の拘束に移ろうと思った。ところがまたしても横からキイが会話に加わってしまった。

「そんなの決まってます。緑川センパイです。ざまあみろです！」

「キイ。不用意に挑発しちゃダメだ」

諭してみたものの、キイは聞く耳を持ってくれなかった。余計に「バーカバーカ」と連呼している。

もっともキイを強く責める気にもなれなかった。火ヶ坂先輩だけではなく、彼女だって青藤に裏切られたことに変わりはないのだ。

しかしこのわずかな時間が仇となった。

「調子に乗ってんじゃねえぞ、愚図共があぁぁあああ！」

突如、青藤が怒り狂った獣のように吠えた。

豹変したのは声だけではない。落ち着きのあるたたずまいから一変し、こちらに向かって真っ直ぐに突っ込んできた。

もちろんこういう事態は十分に予想していた。僕は迎え撃つべくとっさに身構える。

「緑川くん、後ろが危ない！」

紫乃さんに言われて、僕は肩口から背後を振り返った。

一人の女子生徒が数メートルほど近くを通りかかったところだった。髪は黄色。

僕は瞬間的に青藤の狙いに気がついた。

彼は右手で触れた者の色を変えられる。この場には黄色のキイがいる。もしも僕が髪の色を変えられたら「黄×3」が成立してしまうのだ。

青藤は質問で時間稼ぎをしながら、利用できる第三者が通りかかる機会を待っていたのだ。

しかし青藤が僕らに迫るよりも先に、火ヶ坂先輩が青藤の背後へと追いついた。

火ヶ坂先輩は青藤に蹴りを見舞おうとする。

突然、青藤は振り返って右手を火ヶ坂先輩に突き出した。

「――ッ!」

火ヶ坂先輩は青藤の右手を無理に避けようとしてバランスを崩した。

青藤は最初からそれを狙っていたかのように、逆に火ヶ坂先輩を激しく蹴り飛ばした。

「火ヶ坂先輩!」

「よそ見なんかしている場合じゃねえだろうが!」

わずかに意識を逸らした途端、青藤の右手が僕の喉に食い込んだ。

青藤の体格はかなり細身で、決して腕力に優れているようには見えない。にもかかわらず物凄い握力だった。

至近距離で青藤と目が合った。血走った眼球には激しい怒りが揺らめいていた。

「……貴様さえ、貴様さえいなければ!」

「緑川センパイを離せです。アンタッチャブルです」

キイが僕を助けようと青藤を後ろからキックをする。

「バカッ、キイ！　離れなきゃダメだろ！」

火ヶ坂先輩が床に倒れたまま叫ぶ。足をくじいたのか、すぐには起き上がれないようだった。

キイは自分が「黄×3」のターゲットに含まれることに気づき、慌ててその場を離れようとした。

それよりも早く青藤の左手が伸びてキイの襟首をつかむ。

「ジタバタするんじゃねえ！　てめえもこいつと一緒に消えるんだ！」

青藤はそう叫びながら、キイを廊下でおろおろしている通行人の女子生徒へと放り投げた。

二人はぶつかって床に倒れ込む。キイはタブレットを抱いたまま気を失った。

「あとは貴様だ。じゃあな、縁！」

締め付けられている喉にさらに強い力が加わった。

髪の色を変えようとしてきているのだろうが、それに抵抗する以前に呼吸がまともにできない。

僕は青藤の右手に両手をかけて外そうとしたが、まるで歯が立たなかった。

次第に頭がぼんやりしてきて、腕にも力が入らなくなる。

意識が暗幕で包まれたように閉ざされていく。

「……どういう、ことだ？」

不意に力が弱まり、わずかに視界に光が戻った。

青藤が必死の形相で僕を睨みつけていた。

「クソ、クソッ！　なぜだ！　なぜ変えられない？」

焦りと苛立ちの混ざった声で青藤は叫んでいる。

彼は僕の喉から手を離すと、今度は僕の頭をわしづかみにしてきた。

青藤は荒々しく力を加えてくるが、逆に表情は焦りによってどんどん歪んでいく。

「貴様はいったいなんなんだ！　貴様さえ、貴様さえいなければ！」

どうやら青藤はまだ僕の髪の色を変化させられていないようだった。

立ち上がった火ヶ坂先輩が突っ込んでくる姿が目に入った。

青藤がハッと顔を上げるが、今度はもう火ヶ坂先輩の範囲だった。

「貴様らぁぁあああ！」

青藤が激しく吠える。それが彼の断末魔となった。

火ヶ坂先輩の華麗な蹴りが青藤を完璧に捉えた。

✦

それからのことは簡潔に説明しようと思う。

青藤は万が一にも逃げられないように拘束して部室に収監した。

主犯格である青藤が脱落したことでパズライズ・テロはあっさり崩れ去った。手間こそかかったものの、幸いなことに二日目は犠牲者を一人も出さずに済ませることができた。

ちなみにパズライズ・テロのメンバーたちは、パズライザーというだけでかき集められた烏合の衆だったようだ。火ヶ坂先輩が二度とうちの高校に足を踏み入れないように脅しつけたところ、蜘蛛の子を散らすように逃げ去っていった。

代わって青藤にはさまざまな事情聴取を試みた。

流石にあきらめたのか、彼は思ったよりも素直に質問に答えていった。

その中でも特に収穫だったのは、消失後のことを青藤が知っていたということだ。

「パズライズが起きるフィールドはこの学校だけじゃない」

青藤は淡々とした口調で言った。

すべての学校とは限らないが、うちと同じようにパズライズが生じる学校があるという。そして消えた人間はそういった別のフィールドに引き寄せられるようにして再出現することがあるのだそうだ。

もっとも当人の記憶は消えてしまい、別人としての生が与えられる。要は消える時とは逆の改ざんが起きるというのだ。

それを聞いた僕はいよいよ、この世界はどうなっているのかと思った。

まるで人間がパズルのピースのようにサイクルしているかのようではないか。

だけど同時に肩の荷が少しだけ軽くなるのを感じた。

クラスメイトのヒナタさんを含め、一日目で消されてしまった人々が再び戻ってくる可能性があるというのは、正直なところこの上ない救いだった。

もっとも火ヶ坂先輩やキイは懐疑的で、青藤が自分の犯行を軽く見せるため、適当なことをでっち上げていると思っているようだった。

たぶん僕が青藤の話をわりと素直に信じたのは、一日目に桃李アンナそっくりの他校生を目撃していたからだろう。青藤の言葉通りであれば、わりと近くに別のパズルフィールドが存在していることになるのかもしれない。

とはいえ青藤は何から何まですべてを語ったわけではなかった。

人の髪の色を変える能力――「神の右手」と青藤は呼んでいるらしい――を身に付けた経緯については一切口を割らなかった。

また、どうして僕の色を最後に変えなかったのかについても、憮然として顔を背けるだけだった。

「……消したくても、消せなかったのかもしれないね」

部室からいったん外に出たところで、火ヶ坂先輩が頭上を仰ぎながらつぶやいた。

「それってどういう意味ですか？」

「このアンチパズル部は最初、青藤と二人で作ったものだったんだよ。その時からあいつは周りをだましてきたんだろうけど、ずっとそれを続けていくうちに、自分でも気づかないまま情みたいなのが湧いてきたんじゃないかな。そして最後の最後にそんな自分を完全に切り離すことができなくて……」

火ヶ坂先輩は僕にというより、自分にそう言い聞かせているかのようだった。

「……まッ、わっかんないんだけどね」

火ヶ坂先輩は顔を元に戻すといつもの明るい口調で言った。

「とにかく今はいいんだよ。今はッ。事件は解決したんだからさ。そりゃあずっとあたしたちのことをだまし続けてきたあいつは許せないよ？　この期に及んでまだいろいろ黙秘するのかこのヤロー、って気持ちはあるよ？　大いにあるよ。でも、まだまだこれから聞き出す時間はあるわけだからさ」

おそらく青藤と最も付き合いが長いのは火ヶ坂先輩だろう。裏切られて一番辛いのも彼女のはずだ。なのに彼女は全然そういった表情を見せない。やはり火ヶ坂先輩は強い人なのだ。

と思ったら、火ヶ坂先輩はどこからともなくあの不気味な笑い声を出していた。

「……フフフ。フフフフフ。これだけ長い間だましてきたんだ。今日一日で全部謝らせてなるものかっての。ゆっくりじっくり時間をかけて吐かせてやる」

もしかして火ヶ坂先輩はサドなのだろうか？

何はともあれ、彼女が言うように事件は終わったのだ。

僕は少しだけ火ヶ坂先輩と学校の敷地内を散歩することにした。

既に二日目の閉会式は終わり、後片付けも佳境に入りつつあった。模擬店やイベントはほとんど見られなかったけれど、今は文化祭を乗り切ったことを素直に喜ぼうと思う。

グラウンドでは後夜祭のキャンプファイヤーが行われていた。火ヶ坂先輩はそこでクラスメイトに声をかけられた。話が長引きそうだったので、僕は先に一人で部室に戻ることにした。

「……あれ？」

部室の前には誰もいなかった。

青藤は自力では絶対に逃げられないようにしていたものの、一日目の反省を踏まえてドアの前に常に見張りを立てておくことにしていたのだ。今は紫乃さんが番をしているはずだった。

まあ、一時的に外しているだけなのかもしれない。トイレとか。

ところがしばらく待ってみても紫乃さんが戻ってくる気配は一向にない。

彼女の性格からすると、無断で持ち場を離れるのなら、まず一報くらい入れてきそうなものだ。

嫌な予感がして僕は部室のドアを開けた。

中に青藤の姿はなかった。

6 CHAPTER

第６章

パズライズの向こう側

一度せき止められた思考が、ダムが決壊するように一気に溢れ出す。

どういうことだ？　何が起こった？

心が激しくざわつくものの、思考の方がなかなか追いついてこない。

落ち着け。とにかく室内を確認するんだ。

そう自分に言い聞かせながらも、頭の半分では「見つかるわけがない」と冷静に事態を捉えていた。

そもそもこの部室は狭い。体の小さなキイであっても、完全に身を隠すのは困難なのだ。

ましてや青藤は痩身といえども男だ。探してすぐに見つからないということは、要するにここにはいないということだ。

不意に何かが足の先にぶつかった。

屈み込んで長机の下を覗き込んだら、青藤が所持していた十字の仮面が転がっていた。

僕はそれを机の上に置くと、部室を出て階段を駆け下りた。

ちょうど遊歩道を歩いていた生徒会長を発見する。

「すいません。ちょっと聞きたい事があるんですが！」

生徒会長は僕を見ると険しい顔をした。文化祭の準備期間中、キイとの諍いに割って入ったことをいまだに恨んでいるようだった。

「な、なにかね。このボクにどういった用件だというのかね？」

生徒会長は気丈に振る舞おうとチタンフレームのメガネを押し上げながら言った。

「うちの部の青藤を見かけませんでしたか？」

生徒会長と青藤は以前部室で出会っている。それに学年も同じ三年生だ。知らないはずはない。

「んん？　何を言っているのかこのボクにはよくわからないんだが？」

そんなわけはない。僕は青藤について詳細に語った。だけど彼は説明すればするほど難しい表情をしていくだけだった。

「……たぶん誰かと勘違いをしているのではないかな？　あいにくこのボクには全然なんのことかわからないよ。だってキミたちパズル部は全部で四人じゃないか」

「…………………」

愕然として声が出なかった。アンチパズル部は青藤を含めて五人だ。結果的に青藤は裏切り者だったけれど、生徒会長がそんな事情を知るはずがない。

もはや認めざるをえなかった。青藤はパズライズにより消されたのだ。

「悪いけどボクはそろそろ行かないといけなくてね。まだまだ忙しいのだよ」

生徒会長はそう言って僕から慌ただしく離れていった。

僕は茫然とその場に立ち尽くす。

二日間にわたるパズライズ・テロは終了したものと思っていた。

しかしそれは勘違いだった。まだ終わってなんかいなかったのだ。

とにかくみんなに今の状況を伝えないといけない。

僕はスマホを取り出してアプリの「スカイン」を起動させようとした。

タップしても反応がない。ホーム画面のまま固まってしまった。

こんな時に、と焦って画面を連打していたら、数秒ほど遅れて電話が鳴り出した。

どうやら着信とアプリの起動が被ったことで、動作が一時的に重くなっていただけらしい。

「もしもし？」

僕はスマホを耳に当てて電話を受けた。

『——よお』

向こう側の相手は気さくな口調でそう言った。まるで教室で雑談するような趣だった。

実際、僕も友人から私用の電話がかかってきたのだと思ってしまった。

しかし次の一言で僕の体は電気が走ったように緊張した。

『紫乃凪些はこっちで預かっている』

電話の相手は普段からよく耳にしている声だった。とても馴染みが深く、僕の日常の一部と言っても過言ではないほど身近な人のものだった。

にもかかわらず発言は実に不穏だった。

電話の相手はあくまでフランクな口調で続ける。

『彼女を消されたくなければこれから指定する場所に一人で来るように。いいか、誰か一人じゃないぞ。おまえ一人ってことだからな』

「…………………」

口の中がカラカラに乾く。

さまざまな疑問が生じるが、声帯が引きつってうまく言葉を発することができない。

『……あれ？　っていうか、ちゃんと聞こえてるのか？　もしもーし』

返事をしないせいか、電話の相手は訝しげに訊ねてきた。

その口調は本当にただの日常会話みたいで、僕は余計に混乱する。

でもこれは現実だ。今起きていることなのだ。

僕は必死になって喉から声を絞り出す。

「……な、なんで、おまえが」

すると電話の相手である彼は嬉しそうに答えた。

『お、返事した。ああ、驚いてる、驚いてる。サプライズ大成功だな。ハハハ』

彼は無邪気な声で笑った。

その話し方は二年生に上がった今年の春からよく耳にしてきた。学校の中だけではない。例えば朝の通学時、駅や通学電車の中で彼とはよく接してきた。

くだらないよもやま話がほとんどだったけれど、たまには真面目な会話もした。

テスト前にはいかに勉強をしていないか、互いにアピールしあったこともあった。

彼はなんだかんだ言って、僕にとってクラスで一番仲の良い友人だったはずなのだ。

「……あ、青藤はどうしたんだ？」

僕は頭がぐるぐると錯乱する中、どうにかその質問を試みる。

すると彼は関心がなさそうな口調で応じた。

『あん？　……ああ、あのヒョロいイケメンの上級生か。消した。パシュッと。使えない奴だったもんでさ』

事もなげに山吹岳夫——通称ヤマガクは言った。

◆

『繰り返すけど、誰にも言わずに一人で来いよ？　紫乃ちゃんを消されたくなかったらさ。ほら、オレってば面倒臭いの嫌いじゃんか』

ヤマガクは電話でそう脅してくると、僕らの教室である二年C組まで来るように指示をしてきた。

口調はいつもと変わらない。しかしそれが逆に不気味だった。

僕は昇降口から校舎に入ると、全力で中央階段を駆け上がった。

みんな後夜祭に行っているのか、校舎の中は人がまったく残っていなかった。僕の床を蹴る音だけが暗い廊下に鳴り響く。

僕は二年C組の教室にたどり着いた。

「よお。待ってたよ。約束は守ってくれたみたいだな」

教室は廊下側が暗闇に覆われている。ヤマガクは教壇の上に窓明かりを浴びるようにして立っていた。

「……ヤマガク」

僕は乱れた呼吸を整えながら彼の名を口にした。

まだ完全には信じきれなかった。疑いを積み重ねた末にたどり着いた青藤と違い、ヤマガクはあまりにも突然のことだったからだ。

しかし彼はどう見てもクラスメイトのヤマガクだった。髪の色は最初に見た時と同じ橙だったし、表情もいつものお調子者めいたものだった。

ふと、ヤマガクが何かを空中に放り投げ始めた。よく見るとそれは紫乃さんのスマホだった。

「紫乃さんはどこだ！」

ヤマガクはスマホをキャッチすると、涼しい顔で後ろを顎で示した。

「感情的になるなって。頭に血が上って視野が狭まってないか？　物事はもっと広くワールドワイドに見ないと。ほら、よく見ろよ。ここにいるじゃないか」

暗さに目が慣れてくると、紫乃さんが教壇の後方に立たされていることに気がついた。

「紫乃さんっ！」

「緑川くん！」

紫乃さんが僕の方へ進み出ようとするが、すぐ傍にいた二人の男に押しとどめられた。どちらも無表情のまま押し黙っている。

「青藤の部下か？」

「違う」

ヤマガクは即座に否定した。

「あんな有象無象の寄せ集めと一緒にするなって。オレの超優秀な部下だ。オレの命令なら何でも機械のように忠実にこなすんだ」

人質を取られている上に、三対一である。

こうなったら先制攻撃を仕掛けて不意を突くしかない。

そう思って身構えようとした矢先、ヤマガクが「ちょい待ち」と言って手を広げてきた。

「衝動に身を委ねない方がいいぜ。暗くて見えづらいだろうけどさ、気づかないうちに事故って消えたりはしたくないだろ？　こんな時こそ自分の目を凝らせって。おまえも一介のパズライザーだったらさ」

悔しいけれど僕はヤマガクの忠告に従うことにした。彼は青藤以上に僕のことをだまし続けてきた相手なのだ。感情で動くのは得策ではない。

とはいえなぜわざわざこちらにそんなことを教えてくるのか。

そんな疑問を持ちながら、僕は紫乃さんの両側にいる二人の部下へ目を凝らした。

瞬間、僕はヤマガクがあり余るほどの余裕を見せている理由がわかった。

二人の部下はともに緑色の髪をしていた。

教室の中をフィールドに見立てれば次のような位置関係になる。

緑（部下）	紫（紫乃）	緑（部下）
	橙（ヤマガク）	
	緑（僕）	

可能かどうかはさておき、運良くヤマガクを退けたとしよう。それでも紫乃さんの両側には僕と同じ色の人間が控えている。下手に突っ込むと自ら「緑×3」の消失を引き起こしかねないのだ。

僕一人を呼び出したのはこういう理由だったのだ。実に周到な計画である。

僕は歯噛みしながらヤマガクに訊ねる。

「ヤマガク。なんでこんなことをするんだ。何が目的なんだよ！」

ヤマガクは無邪気な笑顔で応じる。

「目的？　そりゃあ、もちろん邪魔な奴を消すことだよ。おまえとか、おまえとか、おまえとか。要するに緑川、おまえのことな」

「そ、そんなことさせないっ！」

紫乃さんは突発的にヤマガクの部下を振りほどこうとした。

不意を突いたつもりだったのだろうが、部下による拘束は固く、彼女は逆に関節をひねり上げられてしまった。

「あぐっ！」

「あー。うるさいな。普段はもっと大人しいのに。仕方がねえ。ちょっくらビビらせてやろうか」

ヤマガクは振り返ると、紫乃さんに右の手のひらを向けた。

紫乃さんとヤマガクの間には二、三メートルほどの開きがあった。

手は直には触れていない。にもかかわらず紫乃さんの髪の色が発光した。そしてあっという間に彼女の髪は、紫から緑へと変わってしまった。

「……え？　な、何が起きたの？」

紫乃さんは自分で髪の色を直に見ることはできない。しかし自身に何らかの変化が起きたことは感じ取ったようだ。僕の方を不安げに見つめてくる。

アハハハ、とヤマガクが笑いながら紫乃さんに解説をする。

「君の髪の色を紫から緑に変えたんだよ。だから気をつけて。暴れて両隣の奴らにぶつかったらフッーに消えちゃうからさ。パシュッ、とね」

僕は思わずヤマガクに問いただした。

「ど、どうしておまえがその能力を持っているんだ⁉　それは……青藤の力だったんじゃないのか⁉」

厳密には青藤は右手で直に触れたものしか色を変えられなかった。だけどヤマガクは遠隔でもそれを行うことができた。性質は同じでも、明らかに上位の力だ。

「あん？　……ああ。確かにアイツも使っていたな。でも、その言い方は適切じゃない。この『神の右手』はあくまでオレが一時的にアイツに貸していただけなんだよ。今はもう返してもらったけどな」

「……貸してた、だって？」

「ああ。なにせオレはこの学校のパズルフィールドを統べる者だからさ。簡単に言うと管理者側に近い存在、といったところかな」

「……パズルフィールド」

ヤマガクが言っていたことが脳裏をかすめた。パズルフィールドはうちの学校だけではない。ということはその場所ごとにヤマガクのような奴がいるということなのだろうか。

「そうだ。なんなら神と呼んでくれてもいいぜ？」

ヤマガクは冗談とも本気ともつかないことを言った。

「ふ、ふざけるな！」

僕は思わず声を荒らげた。しかしヤマガクはヘラヘラと笑っているばかりだった。

「そうそう」

ヤマガクは不意に思い出したみたいに口を開いた。

「ちょうどパズライザーの能力の話になったから、ついでに面白いことを教えてやるよ。実はこの能力を遥かに凌駕（りょうが）する力を持っていた人間がいたんだぜ。緑川、おまえも知ってる人だけど、わかるか？」

髪の色を変える力の存在を知ったのは昨日のことだ。他の能力なんてなおさらわかるわけもない。

首を振ると、ヤマガクはニヤリと笑ってある方向を指さした。

「彼女は以前オレの仲間だったんだよ。それも『悪魔の左手』という力を持つ、特殊なパズライザーだったんだ」

ヤマガクが指さしているのは紫乃さんだった。

✦

「……ど、どういう、ことなの？」

紫乃さんの声は酷く震えていた。見開いた瞳も不安のあまり揺れているかのようだった。

「おまえたち、パズライズの消失後に再出現するってのは、もう青藤から聞き出したんだよな？」

ヤマガクの問いに僕はかろうじて頷く。

確かに青藤はそう言っていた。そしてその際には記憶が上書きされて別人となるということも。

「だったら周りに既に再出現している人間がいてもおかしくないだろ？　それともおまえたち、自分や身の回りの親しい人間だけは違うって思い込んでいたんじゃないのか？」

僕はヤマガクに言い返せなかった。確かにそういう風には考えてこなかった。

ヤマガクは紫乃さんを見据えて言う。

「君はかつてオレの仲間だった。触れた者を一人からでも自在に消してしまう『悪魔の左手』の遣い手でもあった。その時の君は人々を次々と率先して消していく、まさに死神みたいな奴でさ。仲間内でも君のことを恐れている奴らは多かった」

「……ひ、一人からでも、消せる能力？」

紫乃さんが震える声で反芻する。

会話を聞いていた僕は「ムチャクチャだ」と心の中でつぶやいた。そんな能力があったらまさに消し放題だし、誰も止めに入ることができない。

「だけどある時、君は不運な事故によりパズライズの消失に巻き込まれてしまった。その後、この学校を起点にして再出現したんだ」

「……で、でも、わたしそんなこと知らない」

「そりゃ、ね。再出現した人間は基本的に前の記憶を持っていない。これはこの世の中の摂理だ。残念だけど仕方がない」

だが、とヤマガクは続けた。

「オレは君がかつて持っていた能力があきらめきれないんだ。このまま記憶とともに消えたままにしておくのは惜しい。むしろ君の能力がこの世界を変革させる力だとも思っている。オレは再出現した君を見つけ、この学校に編入してきた。そして君の能力を掘り返すべく、パズライズを引き起こしていくことを思いついたんだ。間近で起きるパズライズに接していれば、君の中で眠っている能力が刺激されて蘇るんじゃないかと思ってね」

紫乃さんは愕然とした表情のまま固まっていた。

一連の消失事件から、今回のパズライズ・テロまで、すべては紫乃さんに向けられて行われていたというのだ。

「……全部、わたしのせい？　わたしが、いた、から？」

紫乃さんの体から力が抜けたのがわかった。

ヤマガクの部下が紫乃さんを捕まえていなかったら、おそらくその場でくずおれていただろう。もはや紫乃さんに抵抗の意志はないようだった。

「さて、と。それじゃあそろそろ最後の試みに移ろうか」

ヤマガクがこちらを振り向き、ニヤッと口元を吊り上げる。

「聡いおまえならなんとなく予想してるんじゃないか？　そう。おまえを紫乃ちゃんの目の前で消すんだ。アンチパズル部に入ってから、おまえらずいぶんと親密になったみたいじゃないか。これだけ親しい間柄の人間がパズライズで消去されれば、流石に記憶の蓋も開くんじゃないかな。ん？　ああ、心配するなよ、緑川。消えたっていつか再出現するかもしれないんだ。まあ、いつどこで、ってのはこのオレでも知らないんだけどな」

口調こそ冗談めいていたが、ヤマガクの目は本気だった。

僕はジリッと後ろに下がった。

おそらく二人の部下を使って「緑×3」のパズライズを引き起こそうと企てているのだろう。

しかしこの二人は消えることが怖くないのだろうか？

そう思ったところ、ヤマガクが僕の心を読んだかのように口を開いた。

「言っておくがそいつらは恐怖心なんてないからな。自分の居場所をなくし、人生に絶望している奴らだ。むしろパズライズされることを自ら望んでいる。説得なんて不可能だからな」

僕は改めて二人の部下の顔を見る。確かに二人は表情がほとんどなく、生気のようなものがない。彼らはまるで機械のようにヤマガクの命令を待っているだけのようだった。

ここはいっそ自分一人だけでも逃げて態勢を整えるべきか。

ヤマガクの言っていることが本当であれば、紫乃さんは消さないつもりだろう。いや、それも結局のところ何も保証はないのだ。

その時、僕は廊下の暗がりで何かが動くのを見た。

はっきりと見えたわけではない。ヤマガクや二人の部下も気にした様子がなかったので、僕一人の勘違いという可能性もある。

僕は落ち着いて冷静に考えた。

火ヶ坂先輩とキイにはここに呼び出されたことは伝えられなかった。

でも勘のいい二人だ。僕や紫乃さんが戻ってこないことに気づき、監視カメラで検証をしてくれれば、あるいはこの場所も割り出してくれるかもしれない。

ただ、それがいつかはわからない。

「黙ってないで決断しろよ。オレは待たされるのが嫌いなんだよ。それとも手荒なマネをさせたいのか？」

ヤマガクがプレッシャーをかけてきた。

「……わかった」

僕はヤマガクに向けて頷いた。

とはいえ僕だって黙って消されるわけにはいかない。

「僕が犠牲になる代わりに紫乃さんは消さないと約束してくれ。あと、それで彼女の能力が戻らなかったとしても、もう彼女にはつきまとうな。それが条件だ」

「オッケー。了解した。素直に協力してくれて嬉しいよ」

ヤマガクがパチンと指を弾くと、二人の部下が黙って僕の方へと進み出てきた。

紫乃さんの腕はヤマガクが代わりにつかんで拘束を引き継いだ。

それまで項垂(うなだ)れていた紫乃さんが訝しげに顔を上げる。

「……え、ちょっと、緑川くん？」

紫乃さんが不穏な事態を察して前へ出ようとするが、ヤマガクにグイッと引っ張り戻される。

「離して！」

「離すわけないだろ。まさに今からって時にさ」

ヤマガクは紫乃さんに顔を寄せて言った。

「せっかく君のために緑川が身を捧げてくれるんだ。しっかり見ててあげようじゃないか」

紫乃さんが抵抗を続ける中、二人の部下が僕の方へと一定の速度で迫ってくる。

消えるのが怖くないのか、あるいはヤマガクに洗脳されているのか。二人は依然として無表情のままだ。

「緑川……くん」

二人の手が同時に伸びてくる。

紫乃さんの顔が歪んでいる。

大丈夫。紫乃さん。そんな顔をしなくていいんだ。

僕が笑おうとしたその瞬間――

――パシュッ！


暗闇を裂くような光と音が瞬いた。

僕は眩しさに思わず目を細める。

この白い光は知っている。パズライズによるものではない。

二人の部下が驚いたように廊下側を振り向く。

ヤマガクも虚を突かれたようにそちらへ顔を向けた。

そこにまたしても閃光が生じた。今度は一度ではなく連続だった。

パシュッ、パシュッ、パシュッ！

光源は教室の出入口に立っているキイだった。タブレットを高々と頭上に掲げている。

「く、くらえです！　こ、この聖なる光で浄化されるがいいです！　め、滅殺戦法です！」

彼女は液晶画面をヤマガクたちに向けながらタップする。それはいつぞや僕も食らったことのある発光のアプリだった。

教室が暗いことも手伝い、そのアプリはより強烈な光となってヤマガクたちを襲う。

「クソッ。まずはそいつをつかまえろ！」

ヤマガクが苛立たしげに叫んだ。二人の部下がキイへ向かおうとする。

ふとベランダ側から風を感じた。

さっきまですべて閉まっていたはずの窓が一つだけ開いている。

そこには火ヶ坂先輩の姿があった。

ヤマガクたちは僕よりも彼女に気づくのが遅かった。

火ヶ坂先輩は窓辺を蹴って飛んだ。

軽々と机を何台分も飛び越え、空中でヤマガクの部下の一人を蹴り飛ばした。

もう一人の部下が火ヶ坂先輩につかみかかろうとしたが、横からキイのフラッシュがほとばしった。

目眩ましを食らってひるんだ相手を、火ヶ坂先輩は着地とほぼ同時にふっ飛ばした。

実に息のあった連携プレーだった。

だがヤマガクの二人の部下も負けてはいない。

「立て！　さっさとそいつらを黙らせろ！」

ヤマガクの命令に忠実に従い、まるで機械のように即座に立ち上がる。

「あきらめの悪い奴らッ！」

再び火ヶ坂先輩が突撃し、その横からキイがサポートに入る。

緑色の僕と違い、火ヶ坂先輩とキイなら消失の危険がまったくないのだ。

ところが後方からヤマガクが二人に干渉を仕掛けてきた。

右の手を開いて火ヶ坂先輩へと向ける。

「火ヶ坂先輩、そいつは離れていても色を変えてきます！」

「わかったッ！」

火ヶ坂先輩はフェイントを交えながら、ヤマガクに照準を絞らせない。

するとヤマガクは右手を二人の部下へと向け直した。

「危ない！」

僕が叫んだのと、二人の部下の髪が緑から赤に変わったのはほぼ同時だった。

「うおッ⁉」

彼らに攻撃を仕掛けようとしていた火ヶ坂先輩は、いきなり迫った「赤×3」の危険性を前に、慌てて急ブレーキをかけた。素早くバックステップを踏んで距離を取り直す。

「……クソッ。付け入る隙がない」

火ヶ坂先輩は近くの机を横に倒し、それを次々に組み合わせてあっという間にバリケードを築いた。

僕らはいったんその裏に身をひそめる。とりあえずこれで「神の右手」の直接攻撃からは免れるはずだ。ただし時間稼ぎでしかないが。

「どうするッ？　このままじゃジリ貧だ」

火ヶ坂先輩の声にも焦りがあった。

できれば二人が合流してくれた時点で一気に畳み掛けたかったが、それもくじかれてしまった。

もちろん再び勝負を挑むしかないのだが、同じことの繰り返しは言うまでもなく相手にも対応されやすい。

何か状況を打開する方法はないのだろうか。

その時、まるで何かが降ってきたかのように僕の頭の中に閃きが生じた。

それは作戦や計画なんていうほどまともなものではなかった。

ほとんど衝動的なアイデアで、どちらかといえば博打（ばくち）に近い。

それでも他に有効な手段を思いつかない以上、これにすがるより他になかった。

火ヶ坂先輩とキイに小声でそれを伝えたところ、二人に激しく反対された。

「ダメだッ。身を賭すにはあまりに根拠がなさすぎる」

「データ不足です。無謀です。いいえ、むしろ無軌道すぎます！」

「他に手はないんだ。このままじゃ遅かれ早かれ誰かが消されてしまう！」

「…………」

どちらも反論できなくなったところで、僕は意を決して立ち上がった。

最初はなぜだろうと気になった。

周りと少し違うことに不安があったけれど、支障がないのでわりとすぐに気にしなくなった。

だけど青藤の言葉を聞いて「もしかしたら」という疑問が湧いた。

確かめるなら今ここしかないのだ。

僕はバリケードの裏から飛び出し、ヤマガクたちを正面から見据えた。

もう一度、彼らの色をしっかりと確認する。

紫乃さん、緑。

ヤマガク、橙。

ヤマガクの部下、赤×2。

予想が正しければこれで活路が開く。

万が一外れたとしても、後は火ヶ坂先輩たちがどうにかしてくれるだろう。

僕は真っ直ぐにヤマガクたちへ向けて駈け出した。

二人の部下が僕の動きに合わせてこちらへ向かってくる。

それでも僕は速度を緩めない。とにかく狙うのは一点突破だ。

「自暴自棄か？　それもいいさ」

ヤマガクが僕の方へと右手を突き出す。

彼は僕の色を赤に変えて、二人の部下と合わせて「赤×3」で消し去ろうとしているのだ。

「緑川くん、そんなのダメ！　ダメだってば！」

紫乃さんが悲痛な叫びを上げる。

僕は構わずに前へ突き進む。

不意に目に見えない圧力のようなものが体にかかるのを感じた。

これが「神の右手」の力なのだろうか。

でも僕はそれを避けなかった。

「――なんだと⁉」

ヤマガクが驚愕の声を上げる。

二人の部下も狼狽しているのがわかった。

その反応で僕は確信した。

自分の髪の色が他の人とは違ってメッシュのようになっていたこと。

周りには同じような髪が見当たらなかったこと。

そして何より青藤が僕の色を変えられなかったこと。

あれは心情的に無理だったのではなく、機能的に不可能だったのだ。

僕の髪の色は変わらない、い、い、い、い！

僕は二人の部下の間をすり抜けて一気にヤマガクとの距離を詰める。

二人の部下はなおも僕を止めようと手を伸ばしてきた。

「させません！　往生際が悪いです！　食らえです！」

すかさずキイがフラッシュのアプリで目眩ましをしてくれた。

僕は二人の部下を完全に抜き去る。

「行けッ、緑川！」

「やってください、緑川センパイ！」

火ヶ坂先輩とキイの声が僕の背中を押す。

ヤマガクと僕の間にはもはや何も障害がなかった。

「緑川。おまえ、それは――」

ヤマガクは驚愕で目を限界まで見開いている。

僕は拳を大きく振り上げた。


「ヤマガク――――――ッ！」


ヤマガクは慌てて避けようとしたが、僕の方が早かった。

感情のすべてを込めた拳を、僕はヤマガクの顔面に叩きつけた。

エピローグ、あるいは紫乃凪咲の人間パズル

NOVELiDOL

文化祭が終わって一週間がたっていた。

廊下の壁には剥がし忘れたポスターが残っていたり、お祭り気分が抜けていなくて教師に怒られる生徒がいまだにチラホラしていた。

かくいう僕も、傍目にはそういう腑抜けた連中の一人として分類されてしまうのだろう。

授業はそれなりに聞いていたけれど、気が付くと窓の外をぼんやり眺めていることが多かった。

放課後、僕は一人で自分の教室からアンチパズル部の部室へと向かった。

ドアを開けると中にはキイと火ヶ坂先輩の姿があった。

「あ、緑川センパイ。おはようございます。グッド・イブニングです」

「うん。こんにちは」

キイはあいさつを終えると、いつものようにタブレットの操作に戻っていった。

一方、火ヶ坂先輩はテーブルにぐでっと顔面を突っ伏していた。時おり「あー」「うー」などと、亡霊めいたうめき声を発している。

僕は自分の椅子に座ってしばらく黙っていたけれど、やがて耐え切れずに口を開いた。

「しっかりしてください、火ヶ坂先輩」

「うあーん？」

ゴロン、と火ヶ坂先輩は首だけを回して僕の方を見た。

「なんだ、緑川かー」

「そろそろ立ち直ってください。火ヶ坂先輩がそんなんじゃ、いつまでたっても場が締まりませんよ」

「あー。うん。そうか。そうだねえ。ってか、そうなのか？　うーん」

火ヶ坂先輩がこんな風になっているのは何も今日だけではない。あの日からずっとだった。

✦

――文化祭二日目の最後の時。

僕らはついに黒幕であるヤマガクを追い詰めることができた。

ヤマガクは僕の起死回生の攻撃を食らって教壇の上に大の字で倒れていた。

彼が動かないのを見て取ると、僕は傍に立ち尽くしている紫乃さんを引き寄せた。

これでようやくすべて終わったのだと思った。

突如、ヤマガクが仰向けのまま弾けるような声で笑い出した。

「ハハハハハ。アハハハハハハ」

「な、何がおかしいんだ?」

ヤマガクは血で汚れた口元をぬぐいながら、ゆっくりと上体を起こした。

「おかしいに決まっているじゃないか。まさかおまえが『ダミー・カラー』だったとはね。その中途半端な緑色の髪にはそういう意味があったってわけか」

「ダミー・カラー?」

「パズライズの消失を妨げる存在だよ。言わば消したくても消せない邪魔者ってところだな。存在することは知っていたが、見るのは今日が初めてだ。にしても、まさか『神の右手』まで受け付けないとはね。流石は出現率の低いレア要素だ」

ヤマガクの台詞にはかなり気になることはあった。今さら言うまでもないことだけど、彼は僕らが足元にも及ばないほどのパズライズの知識がある。

しかしこの場に限っていえば、ヤマガクはもう追い詰められているはずだった。にもかかわらずその余裕はどこからくるのだろうか。僕にはまったく理解することができなかった。

「いい加減にしろッ、このデコ助野郎！」

火ヶ坂先輩が拳をパキパキ鳴らしながら進み出た。

「何を勘違いして大笑いしてるのか知らないけど、おまえはあたしたちに負けたんだ。これから洗いざらい知ってることを吐いてもらうから覚悟するんだな」

「へえ。それは厳しいな。恐ろしくて恐ろしくて震えそうだ――けど」

ヤマガクは途中までは緊張感のない口調で応じていたが、唐突に右手を自分の頭にかざした。

その途端、彼の髪は激しく輝き出した。

光は正面から正視することができないほどめまぐるしく明滅した。

ようやく光が落ち着いた時、彼の髪は橙から赤へと変化していた。

なぜここで自分の髪の色を変えたのだろうか？

そう思った矢先、それまで大人しくしていたヤマガクの二人の部下が素早く移動して、彼の両側に並び立った。

その結果、ヤマガクを含めて「赤×3」が並び立つことになった。

巻き込まれる危険が生じた火ヶ坂先輩はとっさに距離を取らざるを得なかった。

「最後に一つだけ言わせてもらうぜ」

ヤマガクは僕らを順番に見回しながら言った。

「オレはいつかまた必ず戻ってきてやる。紫乃ちゃんの能力だけじゃなく、緑川、おまえの力にも興味が湧いちまったからな」

「——待て！」

僕が飛び出すよりも先にヤマガクは二人の部下たちに触れた。

瞬間、鮮烈な光がほとばしり、後にはもう誰の姿も残ってはいなかった。

◆

「……あー、あ、ああ。なんか思い出したらだんだん腹が立ってきた。くそ、くそッ。あ、マジで苛ついてきた。悔しい。畜生。忘れらんない。あのデコ助カメレオンめ！」

たぶん僕と同じことを思い返していたのだろう。火ヶ坂先輩は悪態をつき始めた。

ついさっきまで無気力だったのに、今ではもう怒っている。気持ちが非常に不安定になっているようだった。

僕はなだめるように火ヶ坂先輩に言った。

「とにかくあの日、ヤマガクに逃げられたことはもう仕方ありません。これからのことを前向きに考えましょう」

ヤマガクはあの時「戻ってくる」と宣言した。果たして消失してもそれが本当なのかどうか、今の僕にはわからない。ただ手放しで安心してはいけないとは思っている。

すると火ヶ坂先輩はジト目で僕を睨みつけてきた。

「そんなこと言うのなら、まず緑川が前向きにどうにかしてくれよ。いや、しろッ。するべきだ」

「何をですか？」

「紫乃をちゃんと学校に来させるんだッ」

「――……っ！」

思わず言葉に詰まってしまった。

実は文化祭のあの日以来、紫乃さんは一度も学校に来ていない。当然、部室にも顔を出していない。何度か電話やメールを送ったりしているのだけど、今のところ一つも返事は来ていないのだった。

ただでさえ青藤が欠けてしまったのだ。それに加えて紫乃さんの姿までないから、部室は余計にガランと感じられてしまっている。

火ヶ坂先輩は苛立たしげにテーブルを叩いた。

「えーぃッ。紫乃、紫乃をさっさと部活に連れてこい。部員がそろわないから淀んだこんな空気になっているんだ。そうだ。そうに違いない」

「言いたいことは多少はわかりますけど、それって僕の責任なんですか？」

「もちろんだッ。緑川の監督不行き届きだぞ」

「でも、電話もメールも返事がないんです。もう少し静かにしておいてあげた方がよくないですか？　紫乃さんだって好きで学校を休んでいるわけじゃないんですから」

あの日、ヤマガクが紫乃さんに語ったことは、火ヶ坂先輩たちも途中から聞いてはいたらしい。なので紫乃さんがショックを受けた事情をまったく知らないわけでもないのだ。

「確かに紫乃には紫乃の事情がある」

火ヶ坂先輩は腕組みをしながら大きく頷いた。

「だけど、一人でふさぎ込んでるだけじゃダメなんだ。ってなわけで、緑川。アンチパズル部が再出発するためにもまず、紫乃を部活に連れ戻すんだ。それが今日の緑川の部活動だッ」

「今日って、これからですか？」

「今日が昨日や明日なわけないだろッ」

僕が難色を示していたところ、スマホに地図が送られてきた。紫乃さんの家までのアクセス方法のようだ。

送信者は横で何食わぬ顔でタブレットをいじっているキイだった。

◆

結局、その日は僕一人で紫乃さんの家に向かうことになった。

おそらくみんなで一度に押しかけてもプレッシャーになってしまうだろうと、火ヶ坂先輩なりに考えたのだろう。

僕は学校の正門前から出ている市営バスに乗り、二十分ほど走ったところで降車した。

キイが送ってきた地図を見ながら歩くと高層マンションが見えてきた。

高級そうな建物の外観から予想していた通り、入口にはセキュリティがかかっていた。呼び出しの内線を使ってみたけど誰も応じてくれなかった。

「……まあ、仕方がないか」

直接足を運んだからといって会える保証があったわけでもない。

残念ではあったけれど、他にどうしようもないのでバス停に戻ることにした。

すると道路の反対側に、バスの降車時には気づかなかった図書館があった。

本の好きな紫乃さんのことだから、ここはよく利用している場所なのかもしれない。

僕はなんとなく中に入ると館内を一通り回ってみた。案の定、そう簡単に出会えるわけがない。

あきらめて帰ろうとした時、外のベンチにぼんやりと座っている紫乃さんを見つけた。

近寄っていくと紫乃さんは僕の気配に気がついて顔を上げた。

「ええと、とりあえず久しぶり」

「……うん」

僕は紫乃さんに断りを入れてから傍のベンチに座った。

「学校、来てないみたいだったから、気になって家に行ってみたんだ。でも誰も出ないからあきらめて帰ろうとしたら、途中でここの図書館に気づいてさ」

「……うん」

紫乃さんはうつむいて相槌を打つだけだった。

彼女の髪は依然として緑色のままだった。ヤマガクが消えた後もそれは変わらないようで、どうしても文化祭二日目のことを思い出してしまう。

僕はこのまま話しかけるべきなのか、空気を読んで黙るべきなのか迷った。

でも、ここまで足を運んでおいて自重も何もないだろうと思った。

僕は思い切って訊ねてみることにした。

「紫乃さんはいつ学校に来られそう？　みんな、紫乃さんが部活に来るのを待ってるんだよ」

ビクッ、と紫乃さんの肩が揺れた。

「…………なくて」

ボソボソと消え入りそうな声で紫乃さんはつぶやいた。

「ごめん。聞こえない」

「……みんなに、合わせる顔がなくて」

「え、どういうこと？」

「みんなを、裏切っていたから」

「は？」

僕は驚いて紫乃さんを見た。彼女は足元を凝視しながら言葉をつむぐ。

「……みんなと協力してパズライズの犯人を追っていたつもりだったのに、実際には犯人の昔の仲間で、しかもよくわからない凶悪な能力まで持っていたなんて。火ヶ坂さんにも、キイにも、どんな顔をして謝ればいいか全然わからない。学校で消されてしまったヒナタさんや、それ以外の人たちにも。もちろん、緑川くんにもだよ。だから、本当は今もここで会いたくはなかったの」

「紫乃さんは、その、ヤマガクの仲間だった頃のことは記憶にないんだろう？　だったらべつに気にすることなんてないじゃないか」

紫乃さんは首を左右に振る。

「確かにわたしにはその時の記憶も能力もない。あんなに色々な事件を目の当たりにしても、いまだに何か蘇ってくる感じもしないの。でも、だからって過去にしてきたことが消えるわけじゃない。実感がなければ、許されてもいいってことじゃないはずだから」

「……………」

紫乃さんは今の自分と、かつての自分の狭間で戸惑っているようだった。

「……ねえ、緑川くん」

おもむろに紫乃さんが顔を上げた。

彼女の瞳は不安で色が抜け落ちているかのようだった。

「わたしって結局、なんなんだろう？」

たぶんあの時にもたらされた理不尽な出来事や情報が、彼女の中で複雑に絡み合い、根本的な疑問になってしまったのだろう。それは自分自身の存在を問う、人間にとって最大のパズルのような質問だった。

「わたし、この問題をちゃんと解いてからでないと、みんなに、ううん、誰とも会っちゃいけない気がするの」

「そ、そんなこと……」

ない、と僕は言い切ろうとした。

だけど思いの外、口から言葉が出てこなかった。

そんなに簡単に断言していいのか。

自分だって自分が何者か本当にわかっているのか。

僕以上に悩んでいる彼女に対して軽はずみな言葉をかけていいのか。

僕は思考がぐるぐると回りそうになる中、必死になって答えを探ろうとした。

なぜかこれまでの紫乃さんとの出来事を回想した。

最初、紫乃さんとは微妙な隔たりがあった。

部活を通して少しずつ距離が縮まった。

文化祭ではアンチパズル部のみんなと力を合わせて戦った。

しかし今、彼女は自分を見失ってしまっている。

紫乃さんがもう一度自分を見つけ出すためにも、この問題は解かなければならないのだ。

でも、いつまでたっても僕は彼女に何も言ってあげられなかった。

「……緑川くんは優しいんだね」

おもむろに紫乃さんはニッコリと笑った。

綺麗な笑顔だったけれど、それが虚勢だということくらい僕にはわかっていた。

「ごめん。そろそろ帰るね。こんなわたしのために、答えをがんばって考えてくれてありがとう」

紫乃さんがベンチから立ち上がった。

ふと、このまま別れたら、二度と話すことができないのではないかという予感がした。

そんな時、不意に頭の中にあるアイデアが閃いた。

パズライズで消失した人は記憶を失って別人として再出現することがある。

それなら紫乃さんを消してしまえば、彼女をこの状況から解放してあげられるのではないだろうか？

僕は慌てて頭を激しく振った。

一瞬でもそんなことを考えた自分が恥ずかしかった。

僕は人を消したりしない。たとえ本人に頼まれたって、そんなことは絶対にやるものか。

だって人間はパズルのピースではないのだから——。

まさにその時だった。

さっきのようなただの思いつきとは全然違う、明確な答えが出た。

いや、正確にはそれを答えと言っていいかはわからない。

でもこれ以外にはないという確信が僕にはあった。

「紫乃さん！」

僕は立ち去りかけていた彼女を呼び止めた。

「さっきの問題、わかったよ」

彼女は怪訝そうに振り返った。

「紫乃さんが何者かだなんて。そんなの、解く必要なんかないんだ！」

「……はあ？」

その時の紫乃さんの表情は、これまで一度も見せたことのない奇妙で複雑なものだった。口をパクパクさせながら、困ったような怒ったような顔をしている。

「も、もしかしてふざけてるの？」

「ふざけてない。僕は大真面目に言ってるんだ」

「で、でも、そんなのいいわけないよ」

「いいも悪いもないよ。自分が何者かなんて考えたところでわかるわけないんだ。仮にわかったとしても、それが本当に正しいのかもわからない。紫乃さんは紫乃さんだ。それでいいじゃないか」

紫乃さんは釈然としない顔をしている。ただ、否定もしない。僕の言葉をどう捉えたらいいか思い悩んでいるようだった。

僕は続けて彼女に言う。

「パズルは何でもかんでも解けばいいってものじゃないよ。解けないから楽しいものもあるし、だからこそずっと気になり続けるものもある。それにさ——」

僕は一度息を吸い込んでから、紫乃さんの目を見て言った。

「僕らはアンチパズル部じゃないか」

瞬間、紫乃さんの顔からすべての表情がリセットされた。

彼女はしばらく呆けたようにしていたが、徐々に顔に笑みが浮かんできた。それから唐突に「んぐっ」という変な声を漏らし、慌てて口元を手で覆った。

「……な、な、なにそれ。凄い詭弁だよ」

「そうかな?」

「そうだよ。酷いもんだよ。本当に……おかしいよ」

「じゃあさ、みんなにも聞いてみればいいよ。紫乃さんは何者か、って」

僕はスマホを取り出し、文化祭で使ったアプリを起動させた。そしてつながる前にそれを紫乃さんに手渡した。

「え、いきなり？　ちょ、ちょっと待ってよ」

紫乃さんが戸惑うのと、アプリの向こうから声がしたのはほぼ同時だった。

『紫乃ッ？　紫乃だな！　紫乃なんだろ？　連絡ついたんだな！』

火ヶ坂先輩の歓喜に満ちた声が響いてきた。

「……は、はい。心配かけて、すいませんでした」

紫乃さんが謝りながら受け答えをしていると、途中からキイの声が割り込んできた。

『紫乃センパイですか？　つながったんですね。早く部活に来てくださいよ！』

紫乃さんはキイにも謝り通しだったが、表情にはもう暗いものは残っていなかった。

彼女の目尻には涙が浮かんでいたけれど、それはきっと悲しいからではない。

やがて通話を終えた紫乃さんは、鼻を少しすすりながら僕にスマホを返してきた。

「どう？　みんなは何て言ってた？」

僕はスマホをポケットにしまいながら訊ねた。

すると紫乃さんは困った顔をして言った。

「あ。訊くの忘れてた」

「じゃあ明日、学校で直に訊いてみるしかないね」

僕が言うと、紫乃さんはとびきりの笑顔で頷いた。

「――うん。わかった」

――完――

NOVELi
ノベライ

[*Hajime's voice*]

ノベライドル第1弾、お読みいただき本当にありがとうございますっ！ いかがでしたでしょうか？ 皆さんのご声援をいただいて、執筆も絶好調です。夏と言えば……？ な作品をご用意してますので、また巻末でお会いしましょう！ノベライドル、文野はじめでしたっ！

一挙2作品

消失進行形パズライズ

発行日　2015年5月25日　第1刷

Author:　文野はじめ
Producer:　仮名堂アレ
Illustrator:　TNSK

Publication:　株式会社ディスカヴァー・トゥエンティワン
〒102-0093　東京都千代田区平河町2-16-1
平河町森タワー11F
TEL　03-3237-8321（代表）
FAX　03-3237-8323
http://www.fictions.d21.co.jp

Publisher:　千場弓子
Editor:　塔下太朗

Marketing Group:　[Staff] 小田孝文　中澤泰宏　片平美恵子　吉澤道子
井筒浩　小関勝則　千葉潤子　飯田智樹　佐藤昌幸
谷口奈緒美　山中麻吏　西川なつか　古矢薫　伊藤利文
米山健一　原大士　郭迪　松原史与志　蛯原昇
中山大祐　林拓馬　安永智洋　鍋田匠伴　榊原僚
佐竹祐哉　塔下太朗　廣内悠理　安達情未　伊東佑真
梅本翔太　奥田千晶　田中姫菜　橋本莉奈

[Assistant Staff] 俵敬子　町田加奈子　丸山香織
小林里美　井澤徳子　橋詰悠子　藤井多穂子
藤井かおり　葛目美枝子　竹内恵子　熊谷芳美
清水有基栄　小松里絵　川井栄子　伊藤由美
伊藤香　阿部薫　松田惟吹　常徳すみ

Operation Group:　[Staff] 松尾幸政　田中亜紀　中村郁子　福永友紀
山﨑あゆみ　杉田彰子

Productive Group:　[Staff] 藤田浩芳　千葉正幸　原典宏　林秀樹　三谷祐一
石橋和佳　大山聡子　大竹朝子　堀部直人　井上慎平
松石悠　木下智尋　伍佳妮　張俊崴

Proofreader:　鷗来堂
DTP:　アーティザンカンパニー株式会社

Printing:　中央精版印刷株式会社

ISBN978-4-7993-1680-1